优秀蒙古文文学作品翻译出版工程 ★ 第八辑

牧歌

额尔登陶格陶夫 / 著

照日格图 / 译

作家出版社

前　言

　　内蒙古文学作为我国社会主义文学事业的重要组成部分，是祖国北疆亮丽文化风景线上的一颗璀璨夺目的明珠。自古以来，内蒙古文学精品佳作灿若星河，绵延接续，为构建多元一体的中国文学版图贡献了应有的力量。

　　蒙古文文学创作是内蒙古文学的一抹亮色，广大少数民族作家用自己生动的笔触创作出了一大批讴歌党、讴歌祖国、讴歌人民、讴歌英雄的优秀蒙古文文学作品。鸿雁高飞凭双翼，佳作共赏靠翻译。这些优秀蒙古文文学作品并没有局限于"酒香不怕巷子深"，而是通过插上翻译的翅膀"飞入寻常百姓家"，乃至走向更广阔的世界舞台。

　　为集中向外推介展示内蒙古优秀蒙古文文学创作的丰硕成果，为使用蒙古文创作的作家搭建集中亮相的平台，让更多优秀蒙古文文学作品被读者熟知，自2011年起，由内蒙古党委宣传部、内蒙古文联、内蒙古翻译家协会联合推出文学翻译出版领域的重大项目——"优秀蒙古文文学作品翻译出版工程"。该工程旨在将内蒙古籍作家用蒙古文创作的优秀作品翻译成国家通用语言文字，面向全国出版发行和宣传推介。此工程是内蒙古自治区成立以来第一次大规模、全方位、系统化向国内外读者完整地展示优秀蒙古文文学作品成果的重大举措，是内蒙古自治区蒙古文文学创作水准的一次集体亮相，是内蒙古自治区文学翻译水平的一次整体检验，是推广普及国家通用语言文字工作的生动实践。

　　民族文学风华展，依托翻译传久远。文学翻译是笔尖的刺绣，文字的雕琢，文笔的锤炼。好的文学翻译既要忠于原著，又要高于原著，从而做到锦上添花，达到"信达雅"的理想境界。这些入选翻译工程的作品都是内蒙古老中青三代翻译家字斟句酌的精品之作，也是内蒙古文学翻译组织工作者精心策划培育出来的丰硕果实。这些作品篇幅长短各异，题材各有侧重，叙述各具特色，作品中既有对英雄主义淋漓尽致的书写，也有对凡人小事细致入微的描摹；既有对宏大叙事场景的铺陈，也有对人物内心波澜的捕捉；既有对时代发展的精彩记录，也有对社会变革的深入思考；既有对守望相助理念的呈现，也有对天人和谐观念的倡导。它们就像春夜的丝丝细雨，润物无声，启迪人的思想、温润人的心灵、陶冶人的情操，为我们心灵的百草园提供丰润的滋养。

该工程实施以来，社会反响强烈，各界好评如潮，为读者打开了一扇了解蒙古文文学创作的重要窗口，部分图书甚至成为多家高等院校及科研院所重要的文献资料。此项功在当代、利在千秋的工程，为促进各民族作家、翻译家交往交流交融发挥了重要作用，为满足人民文化需求和增强人民精神力量提供了坚强支撑，对铸牢中华民族共同体意识、构筑中华民族共有精神家园做出了积极贡献。

石榴花开，牧野欢歌。时光荏苒，初心不变。在开启建设社会主义文化强国新征程之路上，衷心祝福这些付梓出版的作品，沐浴新时代文艺的春风，带着青草的气息、文学的馨香、译介的芬芳，像蒙古马一样，纵横驰骋在广袤无垠的文学原野之上。

内蒙古文联党组书记、主席　冀晓青

目 录

卷 三

卷 一

第 一 章

暮春的一天，圆峰驼挚爱的母亲在又干又热的风中，因内火旺盛这个老毛病，死了。

可怜这峰年迈的母驼，生下它最后一峰驼羔，还没来得及用自己甘甜的乳汁喂养它三周，便循着人世间生老病死的法则，丢下孤零零的驼羔，死了。

圆峰驼幼小的脑海里，依然存留着母亲温暖的样子，它不住地想念母亲温润的眼眸和四个圆圆的乳房，不停地嗥叫，一次次潸然泪下。

母亲去世的那晚，圆峰驼在破晓前嗥叫着惊醒了好几次。它一次次把稚嫩的身子贴在母亲身上寻求温暖，却发现母亲的身子在一点点变凉。破晓时分，它跪在母亲冰凉的尸体前，含住母亲的乳头用力吮吸时，依然不知道母亲身上到底发生了什么。

春天日出前，戈壁里的天气格外冷，巴图贺西格沙丘的天上，一两只老鹰冻住了似的一动不动；大清早便出来觅食的胖喜鹊落在避风地的榆树枝上缩成一团，偶尔发出一声带着挑衅意味的喳喳声。此时，骆驼的主人也起了床，掀开门毡，掀起蒙古包的氆毡后，彻底明白了门外发生的一切。他惊讶至极，不禁大叫了一声："啊！我的天……"

这个老人名叫佟台吉[①]，至于真名，没有人知道。不知是因为他的先人当过台吉大家才这么叫他，还是老人自封了这么一个名号。大家一直这么叫他，刚叫时他还年轻，如今已成了老人。他的老伴名叫阿尤尔巴勒，平时都比老头子起得早。只是近来她身体不好，加之夜里失眠，本想再睡一觉，但听到老头子在外头大呼小叫，便起身问道："老头子，怎么了？"

这件事发生在公元 1970 年春天一个普普通通的清晨。没有人知道，这就是故事的开端。也就是说，失去母亲的圆峰驼会在接下来的二十余年里，走过一段悲喜交加、异常艰辛的岁月。这一点，没有谁在乎过，人类往往如此。

起初，大家都不这么叫它，割骟后大家才叫它"圆峰驼"。起初，这峰驼羔的发育情况并不好。当它扑腾很久还站不起来时，有人就说："这驼羔差点意思，估计等不到它长大的那天。"好在主人是一个细心之人，不仅没有听他人之言对它置之不理，反而无微不至地照顾它，才让它捡回了一条命。

母亲去世的第一天，驼羔眼里的世界变得无比荒凉。它迷迷糊糊地喝一点主人喂它的牛奶，在蒙古包外怅然地来回踱步。风吹来的尘土灌进它的鼻孔和嘴里时，它便更加怀念母亲甘甜的乳汁，用沙哑的声音一天天地嗥叫，直到哭干眼泪。

夏日来临，阳坡上的那棵树换上绿装时，世界有了新模样。那天驼羔寻找母亲，爬上了巴图贺西格沙丘。刺眼的阳光照在它

---

① 台吉：旧时蒙古族王公的爵位名号，后亦用作军衔和行政区长官的称号。（本书注释，均为译者所加。）

那两串脚印上时，上苍也看到了这一幕。如果是这样，上天应该更加眷顾它——浑善达克沙漠^①里唯一的骆驼。如果是这样，白天就应该晴朗而无风。还真如它所愿，天气开始好转了。对于这峰驼羔而言，巴图贺西格沙丘和天一样高。这里的世界是阳光下的浩瀚沙海，浑善达克沙漠由此蔓延开来。微风轻拂驼羔的顶鬃时，它感到十分惬意。巴图贺西格的三户人家此刻就在它的脚下，阳坡上的那棵老榆树抽出了嫩绿的叶子，春天的生机让它暂时忘记了痛苦。它在那里站了很久。

过了很久，榆树才长出茂密的叶子。有一次，一根树枝轻轻地砸到了它身上。它抬头看，看到阳光透过树叶斑驳地照在它身上，榆树也散发着芬芳。它看到绿色，感受春天的和煦后，觉得心情舒畅，想要奔跑玩耍。它的主人，那位年迈的台吉在家门口看到它，不禁直起佝偻的腰身，放声大笑起来。这峰驼羔，第一次享受了对于草食性动物而言再平常不过的欢乐，这种短暂的欢乐，对于孤苦伶仃的它显得弥足珍贵。大地铺好了柔软的沙子，好在驼羔摔倒时迎接它；棉花般的白云在原地待命保护它；和煦的太阳也忘记了移动，停留在它头顶看着它。上苍安排这一切，照顾这个弱小的生命。

驼羔踉踉跄跄地围着蒙古包和驼圈跑了几圈。它奋力奔跑，没能及时停下来，直接闯到晾酸奶渣^②的凉棚里，把锅碗瓢盆撞到了地上。若有谁听到那叮叮当当声，准以为家里闹了贼。驼羔

---

① 浑善达克沙漠：位于内蒙古锡林郭勒高原中部，东起大兴安岭南端，西至集宁—二连浩特铁路沿线，东西长约450公里，南北宽约50—300公里，总面积约53000平方公里。

② 酸奶渣：一种奶食品。

并没有停下来。它继续追赶在那边乘凉的几头牛犊和站在蒙古包外休息的几只羊，弄得蒙古包周围鸡飞狗跳，尘土飞扬。

佟台吉并不把锅碗瓢盆当回事，而是从背后盯着正在撒欢的驼羔满意地笑着。他还叫老婆子赶紧出来看热闹："咱们的驼羔成啦！你看它撒欢扬起的尘土……"他的老伴跟跟跄跄地走过来，用手遮住阳光瞧了瞧。她瞧不仔细，可心里还是很高兴。在老人家旁边玩耍的一个小孩也蹦蹦跳跳地来到了老两口身边。

在此之前，尾巴尖洁白无瑕的一头黑牛犊撅起尾巴跑了起来。乍一看，就像一头倒着奔跑的独角兽。那条尾巴诱惑着驼羔。驼羔的眼睛大了一圈，开始追着那条尾巴跑。它的脚掌在发热，耳边有风在呼啸，浑身的鬃毛都飞了起来。它越追越近。围着门前的那口井绕了几圈，最后开始加速。牛犊和驼羔的距离越来越近，驼羔下巴触碰到了牛犊的尾巴。牛犊突然感到天旋地转，惨叫一声，倒了下去。驼羔感觉脚下有什么东西绊了它一下，不知不觉就啃了一嘴土，开始在地上挣扎。

太阳落到了巴图贺西格沙丘的那边。天边出现的粉红色晚霞，预示着安静的黄昏即将来临。驼羔也准备就地过夜。它白天玩得尽兴，现在心情舒畅，全身都轻松，沉沉睡去时，甚至都没怎么想念它的母亲。从此之后，驼羔在巴图贺西格的日子变得平淡而舒服。

圆峰驼日渐长大，等到原野上有草吃时，它深褐色的鬃毛里长出了褐色的驼绒，浑身上下变成了沙丘般的灰白色。它是第一峰本地驼……

它的母亲，却不是本地驼。那峰母驼在美丽的异乡生活了二十余年，来到这里生下它的第一个孩子，便死在了这里。母驼的故乡富饶美丽，什么都不缺。母驼逃到这里来，并非嫌弃它的家乡，而是日日繁重的劳动让它难以承受。自它两岁开始，繁重的劳动累得它抬不起头来。这二十多年间，它经历了多少磨难啊，驮米担盐，是家常便饭，面对这些母驼并没有抗争。后来，人人皆谈工业化，家家户户开始炼钢。那个时候，它穿梭于山石间，磨破了脚掌，脊背上是沉沉的货物，往往一躺下就站不起来。人类用火烧它的尾巴，听到它的惨叫才觉得痛快。如果人类也学一学母驼身上的奉献精神、忍耐和对子女的爱，人类的事将会大不一样！人和牲畜的差距将会进一步缩短！可是人啊人，他们常常做出连畜生都不如的事情来。面对他们的种种折磨，年迈的母驼只能看在眼里，记在心里，却无处控诉。上个世纪五十年代末，母驼还年轻，有一身力气。但因常年超负荷劳动，导致它入夏后无法恢复休力，到了冬天则更会瘦成一团。人们看到它一天天瘦下去，减轻了它的劳动强度，但也笼头绊子不离身，总有赶不完的路，驮不完的东西。没办法，自己只是一峰骆驼而已，还能怎么办？

母驼离家出走的那天，天公不作美。那天，几个陌生人把它牵到一座房子门前，拴起来。房子的大门像血盆大口；房子附近的铁路上，奔跑着一列列火车，喷出的滚滚浓烟叫它害怕。母驼从未见过这些。这里人声鼎沸，苍蝇蚊子嗡嗡叫，屋门开关时发出的声音像咬牙切齿时发出的动静。那里，有人拿着长长的刀，在屠杀它的同类。母驼第一次见这些，害怕得绕马桩跑了半天，嘴里不停地嗥叫。骆驼知道发生了什么。它看到了自己同类的眼泪和混合着各种难闻的气味、顺着坡地流淌的鲜血，恐惧到了极点。此时它感到腹内有动静。这是它肚里的驼羔在动。母驼知道自己该怎么做了。母爱在它的体内化成了一种巨大的力量。它往后一拽，水泥拴马桩便应声倒地，麻绳也已被它拽断。

那天，年迈的母驼恋恋不舍地望着渐渐远去的家乡熟悉而温暖的轮廓，一边流泪一边走。傍晚时分，故乡已在远处。它在夜里也没停下来休息。因为心里不安，所以它夜不能寐，索性就这么一口气走了几天。

它走到浑善达克沙漠时，已是秋天。这里有沟壑和沙梁，这里原始、安静，很称它心意。这里有树又有水，是个宜居之地。无论是哪里，只要有人类的影子，骆驼就永远无法享受安闲。我要说的是，在当时的浑善达克，耕牛和骆驼比金子都珍贵……

有一年初秋，树叶呈深绿色还未发黄时，一个骑黑马的人大清早沿着毛德泰①的小路，急急忙忙地过来，在佟台吉家的蒙古包前下了马。佟台吉站在门口看着他。只见他娴熟地拴了马，俯身问候一声"您好！"，进了包。

此人是生产队队长巴勒登。他的脸消瘦，人看起来比较成熟稳重。他平时非常健谈，喜欢在人前显摆他的一嘴金牙。估计他今天是摊上了什么不快的事，忧心忡忡地说："老兄，这下麻烦大了。宝日哈珠②坡地，就要完啦，咱们就要完啦！"

巴勒登急哄哄地喝了两口阿尤尔巴勒老人给他盛的奶茶，刚放下茶碗，年迈的台吉就瞪大眼睛问道："巴勒登，到底发生了什么事？"

"昨晚上面来人，开了一晚上的会。决定今年赶在地冻之前把宝日哈珠坡地周围的榆树全部伐掉。正在从每家每户抽运输用

---

① 毛德泰：地名，意为"有树的地方"。
② 宝日哈珠：地名，意为"没有石头和树木，杂草丛生的斜坡"。

的骆驼和拉车的牛哩,还要求能动的人都得过去伐木。现在正是打草的时候,哪儿有那么多劳动力?我真是搞不明白了……"

清晨的阳光,从敞着的门照进来。巴勒登队长尽管喝足了奶茶,但因缺觉,连连打着哈欠,打出了眼泪。

佟台吉向前凑到巴勒登的嘴下,叹息着说:"这是要干什么?树在那里,碍着谁什么事了?现在可真够呛,就像挑食物似的把好东西都用完了,后人怎么办?这个世界,以后会像我老汉的头一样,天天地脱落成秃子吧。"

巴勒登沉默了一会儿,说:"为啥要伐树,他们没跟我说。据说是要建工厂,开发矿产之类吧。反正昨晚来了这么一纸文件。早上我哪儿也没去,直接来您家,想跟您说说这件事。老兄,您得冷静,注意身体。"说毕,他又喝了几碗茶,稍稍吃了一点桌上的食物,就与老人告别,走出了蒙古包。

巴勒登的一席话,给佟台吉带来了无尽的感伤。他的早茶喝得索然无味。面对这种突变,他的老婆子选择了保持沉默。老人在心里想,我现在老了,要在年轻那会儿,真得去看看他们到底想干啥……

老人在年轻时,是一名护林员。其实,他前几天才卸任。他有一张护林证。证书上印着树木的外形,详细记着棵数,还盖着公章。依此来看,佟台吉的祖辈是一些有名望的人物。佟台吉的护林员称号,也是大队官方任命的。佟台吉这一辈子都在牧驼,抽空护林。他一辈子只干了这么两件事。护林员说白了就是个巡逻的人。

直到前几天,佟台吉还隔一天就去宝日哈珠的树林里巡逻一次。不管熟人还是陌生人,遇见人他就拿出自己的证件,正着脸严肃地跟人家说："我现在老了，能干点啥？我的祖辈干的就是这个，我也只能接着干。大队让我当护林工，是工人啊！"如果遇到盗伐者，老人会暴跳如雷。如果他有一把枪，一定会朝盗伐者开枪。

但是近年来，准确地说是从两年前，老人就不这样了。他还是去巡逻，但不再给人亮证件。他把证件默默地揣在怀里，生怕现在没人看，等他死了就更没有人想起它。如今，老人对盗伐者的态度变得更加严厉。如果有人嫌他又老又无用，他就会更加暴跳如雷地吼道："你们得清楚树林的作用。如果不趁现在了解，万一哪天树木都没了，你们知道也晚啦。我求求你们，你们就别砍伐了。"

砍伐树的几个人轻蔑地说："你不知道我们伐树的目的吧？让我来告诉你这个老糊涂。伐树干啥，这我们也不知道！倒是可以给你们这些老腐朽打个棺材！到时候，对谁都方便。"为了木材和新柜子，人类什么事都做得出来。

台吉拿他们没办法。他虽气不过，但毕竟老了，完全可以不管不顾。可他动了恻觉得今天自己失去了一个很重要的东西，他准备去违抗上面来的一纸文件。

伐树工作，就这样在慌乱中开始了。

人们手里拿着板斧和锯子，命令指哪儿就到哪儿，把大到一个人抱不过来的榆树，小到还不及马镫高的灌木，都伐得干干净净。安静的沙漠突然被各种噪声笼罩，林中那些飞禽走兽都被迫逃离了自己的家园。树林里传来板斧砍树的声音和大锯子伐木的吱嘎声，天空中盘旋着几只老鹰。高大的榆树被伐后，像留恋这个美好的世界似的，先在原地转几下，才摇摇晃晃地倒下去。伴随着闷声倒地，它的枝头和叶子，也一同去了另一个世界。

那天，那位上级领导也很忙。他都没时间坐下来歇一歇，忙着监督谁干得积极，谁在偷懒，连一口凉水都没喝，一直忙到午后。工人们筋疲力尽时，领导才同意大家可以休息一会儿，还说才伐了这么一点，照这个速度得干到什么时候？他要求每人每天至少伐一百棵树。说如果是特别大的树，可以算十个工分；梭梭树虽然不计工分，但也不能留，说可以拿它当柴烧。他吼道："听到了吧？亲爹们！你们一动不动，真是我亲爹，咱们来这儿也不是为了享受……"话音未落，从附近的地窝子里传出吼声："马上马上，我们在屙屎。"

母驼钻到沙漠深处已经六天了。它留恋这里的树木和盐碱，在第七天的晚些时候来到了一汪大水边。

湖水倒映着天空，让它心情舒畅。看到水，它想起自己曾经喝过的甘洌的山泉水，想着以后不知还能不能喝到那样的水。不管怎样，故乡就是故乡啊。在故乡，它心甘情愿地受苦受累，哪怕是死在那里也愿意。但一想到险些要了它老命的那些繁重的劳动，母驼不禁后背发麻。它流着泪，心里空落落的，一点都不踏实。

看到水，它才知道自己现在有多渴。它奔向湖边，闻到了一股潮湿的味道，脚下的碱土飞扬起来叫人不舒服。母驼顾不得这些，直接踩着淤泥来到了水边。这么热的天，它已经有十天没有喝水了，如果是人类，都够渴死三回的。这湖水苦涩至极。母驼的嘴唇刚一沾水，就情不自禁地甩了甩头。但它还是喝了几口。异乡的云朵看着都黑沉沉的，更何况是这湖水！

晚上，它随便拽了几根柳条吃，等天亮后爬上一个高高的沙丘，脸朝着湿润的风吹来的方向躺下来休息。今天有云，凉爽舒适。年迈的母驼，不知在那里闭目养神躺了多久。它突然听到微风吹来了一种奇怪的声音。它向后贴着耳朵仔细听。那声音像马儿奔腾的声音，又像驼羔的嗥叫，也像潺潺的溪流或呼啸的暴风雪。它沉下心来仔细听，觉得更像驼羔的嗥叫。它在路上见过几坨新驼粪，看来这里生活的同类，不止一个。想到这里，它兴奋起来，腿脚也变得轻快，朝着那个方向走，翻过两道梁，才发现事情并非它想的那样。母驼爬到宝日哈珠坡地上，映入它眼帘的是一望无际的山间草地。母驼弄清了刚才的声音是从哪儿发出来的。它伸长脖子，看到那边有人类在弄着一个什么东西，声音是从那里发出来的。母驼不知道他们在干什么，但它看到一棵棵枝繁叶茂的树木应声倒下，与此同时人类发出了刺耳的吼叫声。

那边除了它的同类，还有几个别的东西。母驼很想现在就去看个究竟。它看到比自己多膘壮实的同类在一口一口地吃着树叶，嘴里流出了口水，看着非常诱人。它还是控制住了自己。矜持是个奇怪的东西。它看到一峰高个子的红公驼，它约莫三五岁，驼峰也高大，正一口一口地吃着绿色的树叶，连咀嚼声都清晰可闻。母驼发现那峰公驼也看着它时，兴奋得腿都在颤抖！

等待母驼的，不是和同类在一起的幸福，而是结结实实的皮笼头。它还愣在那里时，工地上的人们把它围了个水泄不通。母驼又惊又怕，几度准备伺机逃跑，但都没有成功。笼头的脖带一紧，直到入冬下雪都没松过。

伐树的第一天，懒汉占布拉仗着上面的文件当上了官。他成了巴音塔拉大队巴图贺西格小队三户人家的新领导。原来的领导、好牧民普日布今年春天从一匹烈马上摔下来被拖出老远去世后，老台吉提议过好几次，希望组织能找来一户好人家，好让这家人成为三户的领导和榜样。但是一来没有人愿意到这么偏僻的地方来，二来上面也对这件事不够重视，最后这个差事就落到了占布拉手里。懒就懒一点吧，总比没有领导强，再说懒是可以改的嘛。

巴图贺西格小队这几天静悄悄的。台吉在这巴图贺西格沙丘的阳坡住了一辈子。如果不是谁拿枪口对准他，他愿意一辈子都住在这里，像个老猫似的，永远不离开自己的家。他是这里的原住民啊。东边那户，就是占布拉家。这两家挨得近，在无风的清晨，连占布拉的呼噜声，他都能听得清清楚楚。西边那户，是去世的羊倌普日布家。他年纪轻轻就撇下自己的老婆和三岁的孩子去了另一个世界。年轻的寡妇巴德玛和三岁的儿子一起过日子，儿子是她的一切。来巴图贺西格小队的人，基本只去那寡妇家。来她家的男人都没个啥正经事，他们打开话匣子聊天，眼睛这儿瞅瞅，那儿看看。如果主人不主动送客，都不肯走。男人啊，都这德行。

那天，新领导占布拉骑着马，早早就从队里出来了。他跟上面请假时说要去看看大队的牛群，还要督促那些没有参加伐树工作的人去打草。跟上级领导请假时说的是"我去去就来，不用等我"，他一边扣着绿色新大衣的扣子，一边走到拴马桩那里，骑上马便连连加鞭。他想要从烦人的工作中脱身，哪怕只有片刻也好。

草场上的牧草已成熟，清晨的空气中弥漫着草香。占布拉平时慵懒无比的那匹老马，今天知道主人的所思所想似的，突然变得勤快起来。占布拉想的倒不是这些。马儿也知道早点出来，就能多进两户牧民家进行动员。路上每遇到一户人家，那匹马就自然而然地走到了那家的拴马桩前。占布拉坐在贵客的位置，接过主人给他盛的一碗奶茶，一口气灌进肚里后，又胖又红的脸上露出了满意的表情。他一边擦着汗，一边把茶碗递给这家的女主人，示意她再添一碗，直勾勾地看着她说："这真是一个收获的秋天啊！"

"是啊，您怎么出来这么早？昨晚在哪儿过的夜？"这家的女主人一边拿起茶壶，一边问道。占布拉也不直接回答，用眼角的余光打量着蒙古包毡壁脚下的两个坛子，说："喝什么奶茶呀，不喝不喝！姐姐能给我弄点酒喝吗？秋天这么好，想尝尝你们家美酒的味道……"

这家女主人给占布拉倒了两碗酒。第一碗酒被他一口吞到了肚里。第二碗酒边聊边喝，喝完又跟那家女主人讨了第三碗，然后醉醺醺地上了马。马带着它的主人，过了两道沙梁，到了另一户人家门前。占布拉看看头顶的太阳，有些绝望地想着"官布的女人能不能给我点东西喝"，但既然已到了门前，不进去也不合适。

在那家，他遇见了正在喝酒的"老贩子"。老贩子的妹妹嫁到了这里，所以他在这家也很受待见。老贩子一个人喝闷酒本来有点无聊，见进来的是他的朋友，脸上立马有了笑容，他客客气气地站起来让座说："来来，坐这里。"

"你这是打哪儿来啊？"

占布拉挪动他臃肿的身体，喘着气一屁股坐下去说："我在队里住了好几天。今天回趟家，牲畜怎么样？"

"牲畜能怎么样，还是秋天的老样子。你这肯定是想老婆了，才找借口回来吧。"

占布拉哈哈大笑着问："贩子老兄你昨晚在这儿过的夜吧？"他一边问，一边看着这家女主人的脸色。他以为这家黄脸的女主人不会赏他脸，没想到她微笑着站起来，给他倒了酒，说："想老婆倒不是要紧事，这家伙的脑子里另有鬼点子。他能不知道这附近哪儿有好东西吗？"

"啊，老弟福气不小啊，如果有现成的，别忘给哥哥介绍一个……"

屋里的人都被这荤段子逗乐了。人啊，当时不会知道这种玩笑会让他们的良心受损，但总有一天会明白这个道理。

两个人都特能聊，嘴里不停地说着马上走，但聊了整整一天。老贩子已酩酊大醉，险些跨不上马去。但他脑子还算清醒，正犹豫着是跟占布拉到巴图贺西格，撩拨撩拨寡妇巴德玛，还是从这里直接回家。他突然想起明天还得去公社办一个重要的事，就跟占布拉饶有兴致地说道："我回了，以后再去。老弟你是搂着老婆宝茹金睡，还是钻巴德玛的暖被窝寻欢作乐，自己看着办吧！"说毕，他便骑着马回家了。占布拉骑着他的那匹老马，慢悠悠地往家走。太阳落山了。他的心里非常平静。本想催马快点走，又觉得不用着急，晚一些到家也不错。着急回家做什么！家里除了个黑脸婆子什么都没有。除了偶尔骑一骑，大多数时候碰都不想碰她。如果晚点回去，还可以琢磨琢磨巴德玛。老婆睡得早，巴德玛大概也睡下了。那样更好，我直接闯进去，把她压在身下。那美人平时大喊大叫的，碰都不让我碰一下。这次我可什么都不管，如果搞不定你，以后我就不叫占布拉！

我那个黑脸婆子，我碰都不想碰，当时可真是瞎了眼。我占布拉的命，怎么就这么不好？和巴德玛比起来，她就是一坨冻牛粪。家里就两三个孩子，她都管不好！毛驴还得皮鞭伺候，我天天让她去放羊是明智之举。不然这婆娘准把家里的东西都糟蹋完。你看我占布拉，现在大小是个官，当官的哪儿能顾得上家里。不久的将来，我就入党，然后再去队里谋个官职……

占布拉想着这些，不知不觉就到了巴德玛家门口。他怕马具弄出动静，便把马放在离家较远的地方吃夜草，自己直接来到巴德玛家门前。他摸黑进了包，却发现包里不像有人。原来巴德玛不在家。占布拉骂骂咧咧地到了自家门口，朝包里吼了一声："还有喘气的吗？"

屋里有了亮光，接着传来了老婆刺耳的声音："你个死东西，咋不住在队里？一出门就不着家了。小儿子发烧，想去请个大夫，又不能扔下其他几个。你又喝酒了吧？干脆跟酒一起过日子得了！"

占布拉挤出点地方，坐在炕上，一边掸他的新衣服，一边说："行啦，行啦，我这不是回来了吗？口渴得厉害，有水吗？"

老婆的腔调缓和了一些，说："台吉和巴德玛在砍柴火。如果指望你，大家都得饿死。老人说今年的牧草不是从头，而是从中间开始干，说这是来年有雪灾的征兆。"

说毕，她又提高嗓门质问道："刚才巴德玛家里有动静。你个畜生去别人家想干啥？"

占布拉马上没了威风，吞吞吐吐地说："我是想嘱咐巴德玛打几车草，没想到她不在家。去哪儿了？"

"啊，如果是为这事，明早去说也不迟啊，非得大半夜过去吗？你这头毛驴！真是讨厌至极！如果巴德玛在，她不会害怕吗！孤儿寡母的，见啥都怕！你这个蠢东西，不知别人难处的蠢东西！你还问巴德玛去哪儿了，她打完草回来，给你儿子抓药去啦。大概是贡格尔大夫被人请到别处去了。这么晚了还不见她回来……"

老婆哭哭啼啼地说了很多。这宝茹金是从很远的地方嫁到这里来的女人。她的前夫死于病痛，她带着儿子青巴图嫁给了占布拉。醉醺醺的占布拉大概没听进去老婆的话，第二天睡到中午就走了，直到秋季结束也没着家……

母驼被伐树的工人抓起来后，天天拉着车跑长途。车上东西沉重无比。它的任务是拉着刚伐下的木材，跋山涉水送到额勒顺旗。那里的人和蚂蚁一样多，他们大概在盖着什么建筑。对于没有沙漠赶路经验的母驼而言，拉着车翻过一道又一道沙梁，简直是人间地狱。它在夏天长出的一点肥膘迅速掉光，甚至开始脱毛。母驼只在春天脱毛，在秋天脱毛还是第一次。丢下温暖的"冬衣"后，母驼变得自卑起来。

那年浑善达克沙漠的第一场雪来得格外早，量也不小。没想到这雪一下就下了好几天。起初人们还等着天晴，结果直接从夏装进入了冬装，伐树这件事也没有人再提及了。伐倒的树，还没来得及运走，就被大雪盖了个严严实实。

这一场大雪，救了骆驼们的命。如果苍天没有及时下一场雪拯救它们，再强壮的骆驼也熬不过去。母驼的内火旺盛，加之皮肤病缠身，看到这场雪异常开心，却发现自己已然在瑟瑟发抖。

天更冷了，年迈的母驼准备找个避风的地方休息。

那天清晨，天边起了薄雾，天地混沌一片，太阳还没有升起。篱笆和阳坡的榆树上落满了鸟，发出各种各样的鸣叫声，听来令人心情愉悦。这一天老台吉起得很早，他在薄雾中看到一个东西，完全呆住了。阳坡的榆树下站着一峰被白霜包裹的骆驼。老人好奇地凑了过去。骆驼没受惊吓，连身子都没挪一下。它似乎闻出了老人身上的善良和蔼，含情脉脉地看着他。是一峰年纪不小、个头矮小的母驼。老人作为一个经验老到的牧驼人，从它趴着的样子就看出这峰骆驼参加过繁重的劳动，累得仅剩下了皮包骨头。老人绕着骆驼打量了几圈，没有看到它身上的烙印。打那天起，骆驼到了晚上就来榆树下过夜，第二天早上费力地爬起来，出去觅食。佟台吉每天都过去，给骆驼睡觉的地方换松软的垫子。

有一天，老伴儿对他说："这骆驼可真瘦，连驼峰都没有。我活这么大年纪，从没见过这么瘦的骆驼。不知是从哪里的苦海逃脱出来，来投靠咱们的。"

台吉说："我也没见过这样的骆驼，它的脚掌小，大概是来自杭盖①的骆驼。我们这里也有青灰色的骆驼，但颜色跟它不一样，它肯定是山上的东西，打老远来的！"

冬天，老人给骆驼灌了几次甘草和硫黄，母驼的内火就掰下来了。它怀着孕，老人就单独饲养它。这对母驼而言，是莫大的幸福。

突然又下了一场大雪。牧草被大雪覆盖，苦了那些牧牛牧羊

① 杭盖：蒙古语，亦写作"杭爱"，指水草丰富的山林地带。

之人。

新当选的领导占布拉已经好久没有来看过牛羊了。第一场雪过后，巴图贺西格这边的牛羊掉膘严重，牛群大中午也只找个沙窝子避风，不肯出去吃草。到了晚上，饿极了的牛群把牙磨得咯咯响，见到人就投来哀求的目光，哞哞叫个不停。巴德玛每天忙着喂养那些身体虚弱的牛羊，还忙着其他事。宝茹金还在放羊。大雪过后，羊群走不远，可也吃不饱。

春节临近了。巴德玛也没回娘家，今年倒是盼望着娘家能来个亲戚。但是没人来。大雪封门，备齐车马不是那么容易的事。

除夕夜，巴德玛母子二人准备过年。他们在餐桌上摆满了美食，一起期盼着客人。在朦胧的烛光中，母子俩望着桌上的酒肉菜肴，呆呆地坐着。这样的等待持续了一整夜。或许他们相信，到了除夕夜，死去的人可以活过来。儿子的眼神里充满了期待。随着蜡烛越来越小，孩子眼里的希望破灭了。他的母亲也一样。她俊俏的脸上写满了忧伤，她在默默地流着泪。

儿子打了个哈欠，盯着妈妈问道："爸爸能从天堂回来吗？"这稚嫩的声音，在母亲的心上划了一道口子。

"儿子，你睡吧，爸爸去了天堂，大概是回不来了。"

"那什么时候能回来？"

母亲没敢告诉儿子，父亲再也回不来了。

儿子睡了。巴德玛给儿子盖上棉被。她已泪流满面。她的幸福像断了线的风筝，飞走了。陪伴在她身边的，只有孤独。她为此流过的泪，几乎和她喝过的水一样多。她怀念过去的春节，也回忆这些年来的艰辛。在这个大千世界上，只有人类能回忆往事。她想和丈夫和和美美地一起生活，但那样的日子只持续了几年。这人世间啊，只能叫人发出一声叹息！

今晚的爆竹声不多，偶尔才能听到一两响。人类是有辞旧迎新这么一回事儿。母驼想起，每年冬天都有这么一个晚上。这天晚上往往没有月亮，周围漆黑一片，人类闹腾得厉害。他们又唱又跳，它却在思念自己的母亲。兴奋的人们整夜都不睡，次日天一亮便骑着骆驼骑着马去串门。奋力向前跑时多自在！儿驼们向前奔，人类在驼背上欢呼。当然，这些都是发生在很久很久以前的事。

母驼此刻无比思念自己的故乡。过了今晚，就到了漫长的春天。

透过春天的霾气，母驼一次次抬头望着自己远方的故乡。它的身体状况一天不如一天，回故乡这件事恐怕也只能想想了。为了寻找一点填饱肚子的东西，它几乎是爬着翻过眼前的那两道沙梁。

今年的春天来得格外早。雨水时，地上的雪已化尽，坑坑洼洼里积满了雪水。这对于牧人来说是好事，但巴图贺西格的几户人家没有这福气。占布拉不照顾自己的牲畜，还是整天满世界乱转。开春后，他家的那几头牛虚弱得需要人扶着才能站起来。

第一个需要人扶起来的，是那头年迈的种牛。老台吉常常提醒占布拉：“你家的种牛站不起来了，得赶紧找个兽医！”台吉省吃俭用，喂它牛黄素粉，但这点药量对庞大的种牛无济于事。占布拉把“马上去找人”挂在嘴边，但扶那头公牛至少需要七个汉子。到了节骨眼儿，他就说：“我上哪儿去找那么多人，我还要挨家挨户看他们的脸色不成？就让它自生自灭吧。"说完他就骑着马去串门闲逛。有一天他回来时，那头种牛死在了他家门前，占布拉找来好多人，大家一起上手，才把那死牛挪开。接着又有好几头牛跟着种牛去了阎王爷那里。

在巴图贺西格，绵羊的情况比牛群好，但也好不到哪儿去。绵羊找草根吃，被地上的什么东西绊一下，就基本无法再站起来。往家赶的时候稍不注意，就会留在雪地上过夜。放羊的宝茹金每天跟着羊群跑，每天都筋疲力尽。可怜的宝茹金脸色发黑，身子越来越瘦，最后竟到了卧床不起的地步。实在没有办法，巴德玛就替她去放羊。

如果不是宝茹金相告，整日游手好闲的占布拉并不知道现在放羊的是巴德玛。有一天他回家后，发现老婆已病得卧床不起。她气若游丝，看到自己的丈夫，眼泪在眼眶里打转。几个孩子在母亲身边玩耍。占布拉看不下去，骑着马去抓药。他到贡格尔人夫家说明老婆的病情后，贡大夫准备立即动身。占布拉认为贡格尔是稀客，家里得备点酒，就先骑着马到合作社，买了一瓶酒。他对合作社的女售货员说着诸如"本想春节就过来，没得空"之类的客套话，讨了一杯酒。酒劲一上来，他就变得飘忽忽的，也不着急回家了。反正贡格尔大夫都去了，看病有他呢。他突然想起了巴德玛，准备去草场找她。如果不是合作社的老营业员在背后喊一嗓子，占布拉的帽子铁定会落在合作社。占布拉气哄哄地从营业员手里接过帽子，快马加鞭奔向巴德玛放羊的宝日哈珠。

那天上午晴朗无云，中午天空开始聚集乌云，傍晚时起了大风。这里春天的天气就这样多变。

巴德玛背着儿子，为聚拢走散的羊群跑了一整天。到了晚上，羊群终于稳定了。巴德玛坐在柳林边休息，儿子淘气地顺着她的后背往上爬。

儿子突然高兴得跳起来，说："爸爸来了，爸爸来了！"

巴德玛好奇地问："爸爸？爸爸在哪儿？"

儿子用小手指着前面的洼地说："那儿，那儿，爸爸骑着马过来了！"

"哪儿呢？我怎么看不见？"

"那里……"

巴德玛看到洼地的柳条丛那里果真晃动着一个人头。是一个若隐若现的骑马之人。儿子还在高兴地蹦蹦跳跳时，那人就过来了。

首先映入眼帘的是臃肿的黄脸和大红鼻子，接着出现了肥胖臃肿的身子。巴德玛看出那是占布拉。巴德玛看到他，突然觉得情况不妙，便带着儿子藏到了柳林后头。她的心扑通扑通直跳，浑身变得软弱无力。还好，占布拉没注意到她。她觉得藏在这里并不保险，轻声喝住孩子不要出声。如果被他发现，那就完啦！孩子当然不知道这些，只是因为母亲吓得不轻，他也感到害怕。

占布拉先绕着羊群转了几圈，然后把马拴在细柳树上，下马去找人。这女人跑哪儿去了，就这么个身子，怎么爱惜成这样？这娘儿们，就会装！

他对不少女人下过手。在路上，在沟壑里，在深一点的洼地里，无论是在哪儿，遇到女人就压上去。不管成功与否，他喝了酒就喜欢这么来。更何况，他也不是没有得逞过。

漫长的春日静悄悄地过去，太阳要落山了。占布拉找人找得筋疲力尽，躺在羊群中间取暖休息。此时正急切地等待他的，是他的老婆。他的老婆重病在身，几个饥肠辘辘的孩子在等他。太阳藏到了云层后面。如果知道苍天在上，没有人会为了满足自己的低级欲望跑到这里来。抬头看看蓝蓝的天，天空就能给你快乐。但是人啊，有时候根本顾不得这些，有时候变成跟畜生没啥两样。

直到黄昏来临，可怜的巴德玛都没敢挪地方。她担惊受怕，等躺在羊群里的那个连狗都不如的男人离开好久后才站起身，聚拢再一次走散的羊群。她不敢出太大声，小声地吆喝羊群。到了夜里，她才把羊群聚拢好。在夜里，羊群走得快，一有点动静就吓得到处跑。此时一对母子已累到虚脱，儿子已冻得说不出话来。

翻过宝日哈珠的两道沙梁，刚走到平坦的地方，羊群就受了惊。巴德玛知道，那边肯定来了狼。巴德玛拼命喊叫也无济于事，有一头羊惨叫一声便没了动静。羊群受到惊吓后，根本不听牧羊人的指挥，掉头往回跑，翻过了沙梁。狼也没再追击，拿下的那头羊，大概也够它吃了。巴德玛还小的时候有人告诉她，哺乳期的狼攻击起羊群来最凶。这也难怪，春季里食物稀缺，母狼大概是为了狼崽，才会冒险攻击羊群。

巴德玛追赶着四散的羊群，背着儿子爬沙梁。由于紧张，她的双脚不听使唤，好不容易才爬上去。羊群哪儿去了？她完全看不见。占布拉的突然袭击，把她吓坏了。她现在顾不上这些，只想尽快找到羊群，赶着它们回家。她顺着沙梁的南坡往下走。白天，沙子和雪水一道往下滑，到了夜里就会结成冰，变得非常滑。巴德玛小心翼翼地挪步，生怕自己滑倒，也怕摔到孩子。但还是滑倒了，她滑到了洼地的冰层上。冰冻得不结实，她一站起来冰面就被踩出个大窟窿。巴德玛明白到底发生了什么，她用力把儿子甩出去，自己则被带进了冰窟窿。

儿子得救了。他的手已冻僵，脸颊已冻得发紫。他一边哭一边望着母亲消失的冰面，用沙哑的声音不停地呼唤："妈妈，妈妈！"他的眼睛已哭肿，他相信妈妈会出来。这声呼唤太过悲惨，如果可以，他那九泉之下的母亲一定会再次活过来，来安慰她那可怜的儿子。

那天的日落时分，母驼刚好来这里找水喝。水面上结了一层薄薄的冰。母驼喝足水后，懒得再回去，在柳条丛中找一个避风的地方躺了下来。夜里冰面裂开。不知从何处传来了孩子的啼哭声。母驼把眼睛眯成一条缝瞧了瞧，也没当回事儿。天上挂着半个月亮，云朵在月亮下面移动，吹着冷风。母驼不禁打了个寒战。

一个孩子独自在野外哭，这事多少有点蹊跷。而且现在是大晚上。这时候就连夜里出来觅食的动物，都静悄悄地出来静悄悄地回去。人类不会在夜里出来，他们进屋里一睡，这个世界就安静了。今晚，孩子的啼哭声打破了夜的安静。母驼听到那孩子一直在哭，便停止反刍侧耳细听。那哭声真是撕心裂肺。哭声时强时弱，时而被拉长。驼羔嗥叫起来，也这样。母驼嗥叫着站起来，走到小孩身边躺下。孩子爬过来拽着它膝盖。看来这孩子冻坏了。孩子那么小，还一直在哭。听着听着，母驼也流下了泪。毕竟它生过很多峰驼羔，还失去了其中的不少！

打那天起，佟台吉家多了一个人。老两口盼了一辈子孩子，如今有孩子送上门来，怎能说一个不字！只是这孩子来得有些不寻常。这孩子或许跟年逾七十的老两口有特殊缘分吧。阿尤尔巴勒老人跟着孩子一起流泪，佟台吉则在佛灯下一次次叹息。清明那天，老两口操持完巴德玛的后事回家时，阿尤尔巴勒老人一遍遍地重复着："把闺女还给我，我替她去死。死去的为什么就不能是我这个糟老婆子……"

清明过后，浑善达克沙漠焕发了生机。

暖暖的阳光照着大地，到了各种动物出来晒太阳的最佳时节。

有一天，阿尤尔巴勒老人早起看到阳坡的榆树上落满了喜鹊，正在欢快地叽叽喳喳；树下那峰年迈的母驼在夜里下了羔。

老人又惊又喜地跑进蒙古包，激动地对台吉说："老头子，你赶紧起来到外面看看，我们的太阳出来了，你赶紧出去看看在这吉祥的早晨发生了什么！母驼下羔啦。"

年迈的母驼生下驼羔后，躺在那里一连几天都没起身。它就这样奄奄一息地撑了好几天。昨晚占布拉来串门时说："那峰母驼死了！"佟台吉老人觉得既然死了，出去看也没用。但他为此难过，一夜都没合眼。没想到是母驼竟然下了羔。

老人一跃而起，失声叫道："什么？真的吗？"

听到这个消息，包里的孩子也非常高兴，他利利索索地穿好衣服，抢在老人前面跑出去看。佟台吉老人只穿一件单薄的衣服，光着脚跑到了母驼身边。大概是半夜下的羔。母驼用微弱的眼神看着自己的孩子。它流下了大颗大颗的泪滴。驼羔还躺着，身上已经干了。它抬起头试图站起来，但几次都没成功。它和自己的母亲一样消瘦，现在连头都抬不起来。

老人高兴极了。他放声大笑时，能透过他的豁牙看到他的舌头在愉快地晃动。他天真得像个孩子，说："母驼有儿子啦，老婆子，从今天起，好好给我编一个漂亮的笼头！"

他的老伴儿说："以前用的笼头有的是！有好几个还不错的，

我的痛痹犯啦，真要编新笼头？"

"对，用新绳子编个新笼头……"

两周后，母驼死了。

母驼的死去，令佟台吉老人十分难过。他用手给还未瞑目的
母驼合上眼睛，开始拿着锹挖土。

让驼羔看到母亲的尸体，是件很不吉利的事。

第 二 章

佟台吉一家的春天过得有些丧气。好在现在是夏天。一个孤儿与一峰失去母亲的驼羔整天在眼前晃，叫老两口好不难过。他们老两口听腻了孩子的啼哭声和驼羔的哀叫声，有时甚至想扔下他们一走了之。台吉的老伴儿因终日劳累，身体状况也一天不如一天。

到了夏营地，驼羔的眼睛就亮了，它不再一味地嗥叫，开始与人亲近，亲近程度甚至超过小男孩。驼羔和小孩不一样。小男孩若有所思，常常叹气，整个人无精打采的。他哭起来，也和别人不一样。久而久之，小男孩有了一些想法。在老两口那里，"孤儿"曾是一个遥远的词语，如今真摆在他们面前时，才难过地明白母爱是多么珍贵和无法代替，也明白了他们在带孩子方面是多么力不从心。面对三岁的小男孩铁木尔黛，他们常常不知所措，深感无奈。

驼羔觉得夏天一天比一天有趣，徜徉在夏营地给它的幸福中。它在这里经历了风吹日晒，也感受了阴凉地的舒爽和微风拂面时的惬意。它除了偶尔吃嫩草，追逐牛犊羊羔外，其余时间就像个尾巴似的跟在主人后面，见到敞着的门就闯进去，给阿尤尔巴勒老人惹了不少祸。驼羔起初只在它感到口渴和饥饿时，才闯进仓房找东西吃。如今越来越淘气，见个门就钻进去，把脚下的瓶瓶罐罐都撞碎，找牛奶喝。因为这个，它的主人给左邻右舍赔了多少次礼，道了多少次歉？当然，这些事不是发生在夏天，而是在秋天。

那时候，领导占布拉正骑着马挨家挨户给大家宣传，说美国人登上了月球，对我们不怀好意的国家也不少。他要求家家户户要提高警惕，注意自己的一言一行。有一天早上，占布拉从外面回来发现屋里已是狼藉一片，驼羔正在他家照镜子。见到占布拉进来，驼羔也不当回事儿，继续看着镜子里的自己。

占布拉看到这满屋狼藉，尤其是看到自己的酒坛子已被驼羔撞翻后，气不打一处来，他抄起锹把，在驼羔娇嫩的身上狠狠地给了两下。驼羔感到疼痛难忍，连忙夺门而出，占布拉则骂骂咧咧地在后面追。

听到驼羔的嗥叫，佟台吉赶紧放下茶碗跑出去，与气哄哄的占布拉碰了个正着。

"怎么了？"老人问道。

占布拉拉长了脸，气呼呼地说："怎么了？你家的驼羔进我们家啦，不信你去看，再这样下去，它就要上房顶……"

老人听到这句话开始自责，看到一瘸一拐的驼羔还有点心疼。他说："好的，对不起。这峰驼羔我们没驯好，是我们的错，你消消气，今后我一定严加看管。"

"这是什么话？你这么大个人，还护着自己啊！你怎么让它乱跑啊，上次你这个遭瘟的家伙就撞死了一头牛犊。那牛犊是集体的，是国家的牛犊。我得叫你赔，你就把驼羔赔给我吧。你怎么敢留私有牲畜？"

"牲畜就是牲畜，它吃集体草场这事也不假。不过在集体草场吃草的牲畜又不止它一个。外地的牛羊跑过来吃草的事常有。去年你们说要把它们归到队里，那些牛羊，也不是无主的东西呀！就拿那峰死去的母驼来说吧，它肯定是逃难过来的。你们把它抓起来，给它扒了一层皮。驼羔的事，我负责；但是你们能对死去的母驼负责吗？它是有主的牲畜。再说，不同牲畜之间相互冲撞致死也不是什么新鲜事。公牛和儿驼，哪次冲撞不造成伤害？你还能一一断案不成？如果你的那头牛犊算集体损失，那去年因为不堪沉重的劳动逃跑的一群骆驼又算在谁的账上？那损失小吗？都是你们干的事。"

占布拉本来准备回家，听到这句话又转身走了过来。

"我们干个事，你就出来说三道四。去年秋天伐树时你拦了几次？前几年灭狼时你又说这说那。狼群过来不仅吃了羊，还把人吓死了。巴德玛是一位好牧民，她在队里有功。谁像你，只顾着自己，守着自家的骆驼！"

"好了好了，咱们别吵了，你也别给我打官腔，老汉我没那么多闲工夫。以后你得管好自己的门，这件事和你整日游手好闲不无关系，说不定以后还会发生这样的事，这错到底在驼羔，还是在人？"

占布拉说不过老人，最后直接开骂。

"你这个老不死的榆木脑袋，充满了肮脏想法的臭脑袋！你死期不远啦，等你死了，都没人埋你。你这种活着的时候不合群的人，死了可能会变成鬼来祸害大家！"

这句话气恼了老人，他回道："我还不到死的时候。我肯定地跟你说，我的死期还没到。倒是你，作恶多端，造了不少孽，你得小心。如果走在我的前面，不免让人笑话……"

说完"嘿嘿"大笑几下，进包了。

占布拉被这"嘿嘿"气得说不出话来，跨上马，频频加鞭，到别处去了。

打那以后，老人就对驼羔严加看管，不让陌生人靠近它。铁木尔黛倒是和这峰驼羔越来越亲近，有时老人赶路时牵上驼羔，让铁木尔黛骑在上面。从此，孤儿和驼羔谁也离不开谁了。巴音塔拉的唯一一峰骆驼"圆峰驼"，就这样早早地熟悉了驮人载物等俗事。

占布拉一走，老人的气也消了。他搔着头想了半天能给驼羔的外伤涂点什么药。片刻后，突然想起什么，开始翻箱倒柜。驼羔的腰侧肿了老高，局部开始化脓。它一瘸一拐地过来，躺在门前。

那天晚上，巴图贺西格来了一拨人。占布拉领来的这些人里，大伙儿只认识队长巴勒登。他们敢呵斥巴勒登，可见官位比他还高。他们一来，就通知巴图贺西格的近二十人过去开会。大家都不知道要开什么会，但都去了。

占布拉家被挤得满满登登，他领来的那些人坐在炕中间，下面坐满了包括台吉夫妇在内的本地牧民。

等大家坐好后，坐炕上的一个年轻人站起来，说："现在开会！大家安静！"他身上穿了一身旧军装，面色严肃得不像个年轻人。

坐在主桌上的一个中年人站起来说："大家放牧时务必要小

心，一旦有可疑情况，必须立马上报！这是第一。第二，你们这里出现了狼袭击牲畜，甚至是袭击人的事件，这和往常不一样。占布拉，你给大家说说这件事！"

占布拉似乎还在气头上。他看了一眼坐在炕上的那些人，脸上有了一丝得意的笑容，转而冷冷地瞪了一眼佟台吉。

他站起来说："最近狼群来袭，从今年春天开始，这里就没有安生过。老贩子家的马驹在马圈里被袭击；高超失去了三头牛犊；我们巴图贺西格的十头牛五只羊成了狼群的美餐。还有……"

巴图贺西格的十头牛因身体虚弱死去。占布拉把自己的过失都嫁祸到狼身上，给自己洗白。

佟台吉听到这句话准备说两句时，那个中年人正好对他说："那位老人叫什么？您来说说吧！"

"据我所知，我们这里就没有那么多狼。我从未听说过狼来袭击牲畜和人的事，今晚也算开了眼界。倒是能在野外看到少数几匹狼的脚印，但它们不是敌人，就是我们这里的几条狗而已。"

"那怎么一个春天就吃了这么多只羊？估计那个呀，不是狼是狮子！"那位领导拿嘲笑的眼神盯着老人说，说完被自己的话逗乐了。

"我不相信那全是狼干的。狼是吃了几只身体虚弱的羊。但其他的羊是被两条腿的狼吃了还是被您说的狮子吃了，我这个大门不出二门不迈的老汉不知道。我只知道，一匹母狼和一匹雄狼在我们这里待了很多年。它们从没祸害过人，宝日哈珠那里的兔子和其他野生动物够它们吃。它们每年下崽，夏天里陪着狼崽，到了冬天就又剩下它们一雄一母两匹狼。大概那些狼崽会离开父母到其他地方生活。它们不接近羊群。因为羊群后面还有人跟着呢，即使没有人跟着，它们估计也不会祸害羊群。去年秋天这里的树被伐光了，森林里的动物们都跑没了，它们就没了吃的。春天它们下了崽儿，被逼无奈才吃了三五只羊。狼一般不吃身边的东西，也不攻击人。巴德玛往常放羊回来都很早，不知那天为什么熬到那么晚才回来，是狼惹的祸，还是人搞的鬼？"

听到此话，上面来的几位都拉长了脸，其中一个人拍桌子叫道："你这是什么话？怎么给死人栽赃，来反对我们。你这是在跟谁说话？你站起来！"

台吉站了起来。

刚才那个年轻人凶巴巴地问道："你叫什么名字？"

老人故意不答，过了许久说："佟台吉。"

"啊？台吉？你给谁当台吉？不行，以后你这个糟老头不能叫这个名字。叫真名或直接叫糟老头都行。难道你就没有名字吗？真名叫什么？"

老人咬牙沉默了半天，说："我不知道！"老人固执地想着，比你们大的领导都问不出来，我现在还能告诉你们这些小毛孩不成？

坐在上面那几个都慌了。

"听说你私有畜群？这样可不行。这个老糊涂就差走资本主义道路啦。你赶紧把那峰骆驼交给巴勒登，让他放到集体的畜群里。因为是集体的东西，谁都可以骑……"

老人语塞了。

刚刚讲话的那位中年领导说："甭跟他讲这些，就让他在那儿站着。我们继续开会！刚才讲到哪儿了……"说到这里，他推了推眼镜。领导可真能说。他说要彻底消灭狼群，狼崽都不放过；说夜晚要注意观察月亮，有什么可疑迹象就赶紧上报；说找牛时要小心越境过来的特务……

会持续了一夜，直到天亮才散会。坐着开会的人倒没什么，站了一整夜的佟台吉腰酸背疼，难受了好几天。

第二天，巴音塔拉的人们就去打猎，追了那两匹狼十几天，最后也没打上……两匹狼早就逃到了别处。

初雪覆盖了大地。可能是因为初雪的缘故，驼羔总觉得这场洁白的雪有母乳的味道，叫它兴奋不已。

天晴后，整个世界变得清新无比，它又开始思念母亲。驼羔跟在牛群后面出来吃草，吃着吃着就想去远方，去看看这个世界。

当它眼里的牛群越来越小时，它才明白自己已经长大。牛儿生性愚笨，只知道吃，吃饱就躺下反刍，或在近处溜达溜达。

驼羔最后决定自己走。这是它第一次在雪地上行走。

白雪没能撑多久。几天后就开始慢慢融化，到了中午阳坡的雪都化没了。洼地和背阴地还有点零星的雪。驼羔愉快地找有雪的地方走，吻着散发乳香的雪，就像跟母亲在一起似的，心里无比踏实。

午后，驼羔经过一个满是沟壑的地方后，眼前出现了一望无际的平川。它不想再回去了。在平川的尽头，是蔚蓝的高山，似乎在向它招手示意。它决定去那里看看。

无风的黄昏里，它走到山脚下，从北边开始爬。原来那不是山，是个光秃秃的沙丘。它的脚陷进沙子里，每往前迈一步都非常吃力。爬上沙丘时，天黑了。

驼羔躺下来休息。在野外过夜的舒服无法言说。

月亮出来了。一轮圆圆的明月像是从沙丘的那边升起来，滚在沙丘上似的，就挂在触手可及的地方。驼羔正赏月时，沙丘上出现了一道黑影。难道是从月亮上下来的黑影？它剪动双耳蹭几下月亮，很快就消失了。正当驼羔奇怪时，它爬到近处的沙丘上坐下来，开始与驼羔对视。驼羔看着它，想到了占布拉门口那条吠声又大又刺耳的狗。但它比狗大，双眼发出绿光，浑身散发着野生动物特有的恶臭味。草食动物的本能，让驼羔觉得眼前的这个东西有点恐怖。

它凑过来，对着月亮拉长声音嗥叫一声，走了。它不是不喜欢肥嫩的驼羔，也并非肚子不饿，而是害怕驼羔的身后还有一个庞大的驼群。总之，它到别处觅食去了。

被驱赶到千里之外的狼群，又回来了。这次回来的不是一雄一母两匹狼，其中一匹在路上死了。动物也和人一样，有领地意识。宝日哈珠的唯一一匹狼，嗥叫着离开了。驼羔看着它的背影，在洒满月光的沙丘上渐渐进入了梦乡。

第二天，驼羔朝着自己的目标走。第三天也继续走。

它从沙地走进平原，又从平原走进了山区；从山区走进戈壁，又从戈壁走进了平原。天气一天比一天冷。

驼羔过了平川，准备进山区时，见到了它从未见过的风景。那里不是一排排房子，就是一行行田垄。此时来了一个动物，它有三条腿，下巴长着山羊的胡子，比起后面的两条腿，前面的腿倒很笔直。它看了一眼驼羔，就颤颤巍巍地往回走。

驼羔感到情况不妙，正准备离开那里时，从房子里出来了好多人。那些人呜呜叫喊着，把它围了个水泄不通。

他们纷纷张嘴议论，还有人准备给它的脚下绊子。驼羔想起自己曾经撞死的牛犊，摔坏的瓢盆，吓得闭上眼睛便使出浑身力气往外逃。围过来的人们来不及躲，被它撞倒了三两个，驼羔自己也险些摔倒在地上。

它边跑边回头，看到有人骑着骡子，骑着自行车在后面追。他们觉得放走了它太可惜，还有人从很远的地方绕过来。人类的想法真是够歹毒的。驼羔险些被他们追上，最后凭着自己矫健有力的四条腿得以逃脱。它还是担心身后有人追，一口气跑出了几十里。

驼羔明白它遭遇的种种祸端大多来自人类，所以赶路时遇到村庄就绕着走。天气越冷，它就越发想念自己年迈的主人和自己熟悉的沙丘。它还想念那位小男孩和自己最爱吃的奶食品。但它现在不知道家在哪里，也根本回不去。

驼羔就这样一连走了几个月，以为遇到树就是回到了巴图贺西格，结果每一次都失望。它走了这么长时间，莫说树，连个沙丘都没见。是的，它迷路了。

冬天总算过去了。

驼羔在行走中长了一岁。它的个子明显增长，体格也变得更加健壮。整个冬天，它都没怎么掉膘。偶尔来一匹狼准备攻击时，它根本不搭理。狼群跟踪它很久后，只好无奈地离去。在驼羔眼里，还真有点狼群与我无关的意思。它还是绕开村落走，毕竟人类什么都干得出来。

两岁那年春天一个和煦的傍晚，驼羔躺在大路北边的坡地上歇脚，心里想念自己的家乡时，从它身边蹿过去一道黑影。它仔细瞧才看清那是一个骑骆驼的人，正在大路上急匆匆地赶路哩。它还没看清楚，那人就走远了。

圆峰驼闻到汗水和骆驼分泌物的味道，第一次看到自己的同类，真是惊喜万分。它赶紧站起来，使出全身的力气追那位骑骆驼的人。它不知道自己跑了多久，反正没追上那个人，天便黑了。

圆峰驼有了从未有过的勇气，它十分想见那峰在黄昏时分一闪而过的骆驼。它不顾黑夜，只顾着向前跑。但那位骑骆驼的人，也不可能日夜兼程啊。他已到达目的地，离开了大路。可这峰两岁的骆驼怎么会知道这些呢……

经验老到的牧驼人佟台吉失去巴音塔拉的唯一一峰骆驼——圆峰驼后，开始坐立不安。老人甚至想过自己去找，可他现在最多也就翻过两道沙梁。他带着望远镜爬上巴图贺西格的沙梁，一整天一整天地坐在那里不肯下来。

只要遇到寻牛马的人，他就打听骆驼的下落。大家都说没看见，还说在哪儿哪儿见过他所描述的死骆驼。不会是让狼给叼了吧，不会是被人抓去吃了肉吧……老人给自己算卦，结果每次都显示还有希望。

老人甚至怀疑骆驼被占布拉给结果了，于是他拐弯抹角地打探。没想到占布拉不但没生气，还无奈地笑了。他说："我占布拉再不怎么样，也不至于对草地上的牲畜下手啊，你家那峰骆驼如果不闯进我家里捣乱，我都不知道还有这么一个东西。我一个连羊都懒得照顾的人，还会有偷骆驼的心思吗？"

冬天，台吉家来了个人，声称死去的那峰母驼是他家的。那位身材匀称的黑小子进来后，嘴上虽然一口一个"阿爸"，但话语间却没有起码的尊重。

"你父亲叫什么？你家在哪边？"佟台吉不想和这个年轻人纠缠，只想知道他是哪里人。

年轻人擦了擦胡子上的霜，说："我家住在勃尔克山间草地那边。勃尔克离这里很远，跟您说了也不知道。倒是我最近得到确切的消息，说我家走失的那峰骆驼在您手里。"

小伙子不愿意透露自己身份，说起话来也阴阳怪气。台吉问道："什么样的骆驼，身上有无烙印，什么时候丢的？"

"它身上倒是没有烙印，是个小个子的青灰色母驼，走丢时有身孕。"

"倒是有这么一峰骆驼，前年春天来的。"

听到老人这么说，他拍腿叫道："对对，就是这么一峰骆驼，在年前秋天丢的。阿爸，骆驼在哪儿？"

"如果真是你们家骆驼，那很抱歉，那峰母驼的确在我这里，只是去年死了。"

"啊？死了？您怎么害死别人的骆驼……"

"我也不是故意的。一峰将死的骆驼，我能让它妙手回春吗？倒是产下了一峰驼羔……看来，过来时确实有身孕。你现在说是它的主人，但真能对它下狠手啊。可怜那峰骆驼过来时皮包着骨头。我医治了一冬天，它才产下一峰驼羔。"

小伙子瞥一眼老人，以主人高高在上的口吻说："这就不知道了。我们倒是在秋天丢的骆驼。它从未掉过膘啊，更不可能是将死之驼。估计是你们用它过度，才致死的吧？既然死了，我还能拿回什么呢！驼羔两岁了吧，我牵回去吧！"

老人"嘿嘿"笑着说："两岁的驼羔你也牵不走了。你有些倒霉啊，大老远的，白跑了一趟，看来得空手回去了。"

小伙子恼了，用教训人的口气说："您作为长者，这么说话不合适，有就说有，没有就说没有嘛！如果丢了就给我找回来；如果死了，赔给我不就完了嘛！两岁的驼羔在哪儿？不会是您想私吞吧？"

那个奇怪的寻驼之人没有立马回家，他把马放在阳坡上喂点草，自己则通宵达旦地和占布拉喝酒。第二天小伙子醉醺醺地来到台吉家，进包时险些被门槛绊倒。临走前，他丢下一句："我要走了，但我不会这么轻易罢休。我把话撂在这儿，开春之前把驼羔给我找回来啊，知道了没？"

老人送走这位奇怪的客人后，对老伴说："我一辈子跟骆驼打交道，第一次碰到这样的人，真是个没出息的小伙子。"

开春后，小伙子骑着瘦小的褐色马再一次光临。

那匹马的马具都大一圈，它无精打采的样子，估计连拴马桩都看不下去。台吉心疼这匹马，但看到它的主人就来气。

这次台吉不打算给他面子，刚给他盛一碗奶茶，就把头扭过去说："你频频来我家有啥事？把裤子忘在我家了还是怎的？不是跟你说了嘛，母驼死了，驼羔丢了。你是要拿这件事，逼我这个左脚已经迈进地狱之门的老人吗？我是真不喜欢你这样的孩子！"

小伙子愣了一下，脸上故意堆出笑容说："阿爸，我这次来不是为骆驼。您消消气，我阿妈的身体好点了吗？驼羔的事，就那么办吧，如果回来了，我就带走，就这么着吧。"

老人出去了一趟，进来后说："如果我没看错，你应该有个名叫阿尔希的长辈吧。他们家就住在勃尔克山间草地那边。"

小伙子惊了一下，带着讨好的语气说："老人家您好眼力呀，阿尔希是我的父亲，我是他的大儿子。"

老人笑着说："阿尔希是个好人，我一看就知道你是好小伙子，对得起父亲的名声。你父亲和我一样，都是牧驼人，他摔跤也是行家。可怜的，他还好吧？我们也好久没见了。我以前经常去你们那边找骆驼，也去过你们家。但是那时候的牧驼人和现在找骆驼的，简直有天壤之别呀！"

台吉这么一说，小伙子就坐不住了。

老人请他在家过夜，可小伙子执意要走。台吉让他问父亲好，还说有个糟老头还挺想他。

圆峰驼在大路上跑了一天一夜。

如果不是有东西挡在前面，圆峰驼穿越东亚平原也不是什么稀奇的事。那样或许它就能见到自己的同类。

有一天晚上，一道亮光流星般地横在它的面前。前面是一列列长长的汽车。那晚它有些害怕，就地过夜。第二天，它继续往前走，来到了一个堤坝前。那是一条路基很高的铁路。它看到呼啸而来的火车头，怕得不禁往后跑了几里地。它以为列车在追它呢。火车只沿着铁路走，再近也不会撞上它。这件事，圆峰驼后来才知道。

前面横着一条铁路，它走不了了。它只能沿着铁路朝北走。有一天早上醒来，它看到了铁路对面的两间房子。门前还站着一峰洁白的骆驼。那峰骆驼一动不动，只盯着它看。圆峰驼看到它非常开心，想直接走过去。但它不会过铁路，在原地等了好几天。那峰骆驼还站在那里不动。那峰骆驼比它大多了，大老远就看见它有一身洁白的绒毛，驼毛迎风飞扬，有一双炯炯有神的眼睛。奇怪的是，它一动也不动。

有一天，圆峰驼感到口渴难耐，于是放下眼前的事，去找水喝。它跟着闻到的潮气走，在十里开外的地方找到了一处水源。按理说，喝足水就应该躺下来休息。这次它咕咚咕咚喝完水，便急匆匆地往回赶。它担心那峰骆驼离开那里。

还好它没走。圆峰驼嗥叫着在原地徘徊。它试着靠近铁路，又一次次返回来。如果没有前面那条铁路，事情会是另外一番模样。它一直等到夏末，等来了初秋。它目不转睛地盯着那峰白驼。这期间这里来了几拨人，有的步行，有的骑马，他们都会绕着它细细打量。圆峰驼根本没搭理他们。

那年秋天，圆峰驼落到了人类的手里。它被戴上笼头之后，就一直忙到了第二年春天。夏天，有人把它带到一处有围栏的草地上吃草，它长了些膘。但后来的事情就不那么妙了。从初冬到开春，它一直在驮东西，从耄耋老人到刚刚学步的小孩儿，是个人都骑它。开春后，它的两个驼峰变得软塌塌的。现在，圆峰驼无比讨厌人类。

春天，一个没有胡子的人类抓住它，让它遭了不少罪。起初，只去附近，是一两天的路程。有一天早上，让它驮着沉重的物品，朝着日出方向走了好几天。有一天黄昏到一户人家门前，卸了货物，给它下了绊子，让它去吃夜草。从屋里跑出来好多人，围着那个没有胡子的家伙叽叽喳喳。

圆峰驼现在又饿又累，它戴着绊子艰难地经过几个山涧，路上吃黄牛吃剩下的灌木根充饥，终于在日出的方向看到了连绵的沙丘。圆峰驼就像见到了同类一样兴奋，刚蹦跶两下，脚下的绊子就断了。

那个没有胡子的家伙，倒是不怎么打它，但有干不完的活儿。圆峰驼准备逃出他的手掌心……

秋天，八岁的铁木尔黛被送到了大队的小学。宝茹金的儿子青巴图和铁木尔黛一个班。

他们两个年龄相当，从小一起玩到大，上学时自然成了彼此形影不离的好朋友。

开学那天，年迈的台吉连夜起来，给铁木尔黛准备上学用的东西。他好像自己去上学似的，过一会儿就去占布拉家催他："我们一大早就得出发，你赶紧吧！"出发了。铁木尔黛和青巴图被棉衣包裹着，坐在勒勒车挡板那里，活像个佛尊。台吉赶着牛车往前走。喜鹊花牛还在留恋它的牛圈，很不情愿地向前挪步。青巴图家没人送。占布拉莫说亲自送，都没起来。宝茹金在他枕边抱怨："快起来，就这一小会儿，你也坚持不了吗？"占布拉还是纹丝不动。宝茹金把儿子送出很远才回去。她挨着勒勒车走，边走边哭。她现在一定感慨万千。天还没有大亮，看不到她脸上的表情，只看到她在频频擦眼泪。或许是开心的泪吧，毕竟儿子今天入学。

学校离他们家不远。老师们都还没起床。台吉脚刚一迈进校园就喊："你们这是怎么了？学生都来了你们还在睡！"对于没有离开过家的两个孩子而言，校园的一切都新奇无比。晚上他们俩挤在一个被窝里，聊白天的所见所闻。周末回家后，他们两个人也一起吃，一起睡，彼此形影不离。寒假期间，青巴图也来台吉家过夜。

老人乐得合不拢嘴，逢人就开玩笑说："老汉我真是洪福啊！突然就有了两个儿子……"

正月过后冰消雪融，天边有了朦胧的蜃气。两个孩子渴望上学，可学校就是迟迟不通知开学时间。有一天，老人到队里打听情况，队长巴勒登说学校不开学了。原来旗里下了文件，要把学校的房舍改成牲畜改良站。原来在这里就读的学生，转到旗里，或者公社里读书。巴勒登还说，学校的桌椅板凳都被搬走了！

春天，占布拉家来了个人，说自己是宝茹金前夫的弟弟。他带来好多糖果，分给孩子们吃。

来了这么一位贵客，占布拉和宝茹金都很开心。他们煮了肉，给客人敬酒。那个人礼节性地喝了两杯，说吃完饭就得回。他带走了青巴图，说要让他在那边上学。

临走时，青巴图抱着母亲的脖子哭得伤心，几个弟弟也跟着他哭。在拴马桩旁，那个人也流着泪说了很多话。他邀请宝茹金："嫂子，您无论如何也抽空去我们家一趟！"台吉也带着老伴前来送别。

铁木尔黛没来。他远远地望着青巴图，早已哭得稀里哗啦。青巴图见状，大声喊道："铁木尔黛，你过来！"

铁木尔黛还在犹豫。他很想去，就是双腿不听使唤。

青巴图又叫了一次。

铁木尔黛过去了。

"铁木尔黛，你怎么了？"

"啊，没啥，眼睛里进了沙子……"他一边说一边用满是皱子的手用力地擦了擦眼睛。

青巴图从兜里掏出几个糖果和半截铅笔给他。铁木尔黛非常高兴，心有千言万语，但现在一句也说不出来。他默默地低头看着脚下。

占布拉在那边喊了一声："快点，别让人等！"

青巴图走了。

铁木尔黛爬上门前的沙梁，目送骑马之人，直到他们消失在天边。铁木尔黛此时的心情，就像春天朦胧的蜃气。

宝茹金过来了。她抚摸铁木尔黛的头，自己也默默流泪望着远方。

青巴图走后，铁木尔黛一连好几天都提不起精神。台吉不想让铁木尔黛成文盲，到了四月送他到离家很远的公社小学读书。那里的学生多。铁木尔黛在那里经常受高年级同学欺负。他无法照顾自己，衣服脏兮兮的，身上常起虱子，同学都远远地躲着他走。

入夏奶牛开始产奶后，佟台吉提着新做的奶豆腐去公社小学看望铁木尔黛。他正在发烧。原来他从高处摔成了脑震荡，正躺在宿舍里呕吐。孩子看到爷爷本想扬起嘴角笑一下，但却哭了。

"爷爷，带我走吧，无论如何都带我回去！"

老人没办法，决定带孩子回去。老师也说，这孩子还小，不会照顾自己，到离家近一点的学校读书更好。

自那以后，年迈的老两口已没有能力再送孩子上学。他们在家教会了铁木尔黛一些基础知识。

那天，佟台吉找大夫给铁木尔黛看病抓药，顺便进了一趟合作社。在那里，他碰到了自己的老朋友，本公社里的两位牧驼人。两位之间放了一瓶酒，正在一边喝酒，一边聊各自的牧驼往事。

佟台吉过去打招呼时，两个人都瞪大了眼睛。高个子黄脸老汉起身问候道："哎呀，原来是佟黛先生，你还好吗？"

身材粗壮的黑脸老汉也说："真是来了一位稀客。怎么样，身体还好吗？那年我儿子说你已经不牧驼了。然后就没了你的消息。"他一边说着，一边把酒瓶塞进了台吉的手里。佟台吉无法推辞。他盘腿坐在他们身边，哈哈大笑着说："牧驼那都是老皇历了。现在心想也力不足啊。再说，现在也没骆驼了。我已经退休啦，你们也退休了吧？"老人一边说着喝了一大口白酒。

黑脸老汉用沙哑的声音回答："是啊，是啊，我们也被解放啦！"

高个子黄脸老汉也难过地说："不放骆驼啦，后来孩子们替我放了一阵子……骆驼刚一多起来，那年就丢了几峰。骆驼走得快，需要大草场的牲畜，我们能阻止不让它走吗？如果是小型家畜，在家门口养就行，骆驼可不行啊。看到日渐减少的骆驼，我们队里的领导一生气，就全给卖啦！"

黑脸老汉接着惋惜地说："我们生产队的骆驼也全完啦，一根驼毛都没剩下。我们那里地方小，沙漠里没有树，连灌木丛都没有。就有几根柳条，也让大家割完了。就这种地方，莫说脚上有绊子的骆驼，就是散养的骆驼也吃不饱肚子。所以一年四季都寄养在别人的草场，骑的时候再牵过来。经常忙于找骆驼，明明打听到了消息，可就是找不见。后来我也不放骆驼了。咱们牧驼的那几年多好！大家相互打听，一有信儿准能找见。现在明明在那儿，有人就说不在，害得你好找。我们的驼群就那么完啦，走丢加杀着吃肉，就没剩下几峰。剩下的那几峰，是个人都牵过来骑，后来全死光啦！"

听到两个老朋友倾诉自己的遭遇，佟台吉也想讲讲他们队里的骆驼，但他不忍心细讲，只轻描淡写地来了一句："我们的骆驼也完啦！"台吉接着说："我养过一峰驼羔。母驼来自勃尔克山间草地，生完驼羔就死了。我一手把驼羔养大，当年秋天就丢了。那可是我们巴音塔拉的唯一一峰骆驼呀。"

黄脸老汉好奇地问道："如果走丢的是驼羔，那也说不出它的毛色吧。如果母驼是勃尔克那边的，驼羔应该是青灰色，哪年丢的？"

"大概也不是那里的骆驼，是在秋末初冬丢的。我想想，应该是七〇年。是一峰浅褐色的骆驼，褐色看着比较明显。"

"鬣毛什么颜色？"

"已经长出了棕色的鬣鬃，如果还在，应该是五岁了。"

黄脸老汉想了想说："新六，足五岁。如今已经是个雄赳赳的儿驼啦。鬣鬃应该是深褐色，全身应该是沙黄色的。"

佟台吉说："我想大概也是。"

听他们说话的黑脸汉子突然说："沙黄色的五岁儿驼？去年冬天我在我们那里见过这么一峰骆驼。我们那里的年轻人围堵它，抓起来试骑，据说它很老实。直到开春，它的主人也没来找。我朝年轻人发脾气，叫他们不要乱骑，就把骆驼圈在队里的围栏里养。可是有一天晚上它不见了。大概是被人牵走了！"

"那骆驼什么样？"佟台吉一下子来了兴致。

"毛色正好是沙黄色的，冬天来时驼峰圆鼓鼓的，漂亮极啦！脚掌很大，四肢匀称，身体壮硕，如果是当骟驼，那非常适合。特爱吃盐碱，就知道它的主人一定非常宠它。不会是你家的吧？"

"肯定是。我猜我的驼羔也会长成那样。希望它就是！希望能早日找见它！"

佟台吉的内心里充满了希望，他觉得丢失的那峰骆驼肯定能找回来。它就在不远处啊！他高兴地喝了一大口白酒，问道："它春天往哪儿去了？"

"你知道胡吉尔图①吧，据说是在那儿。不过几天后有人去找，没找见它。那里离村落远，没有几个人见过。大家又骑又关它，它瘦得只剩了皮包骨头。两个驼峰变得软塌塌的。我放了一辈子骆驼，从没对一峰骆驼下过这样的狠手……"

佟台吉长长地叹了口气。那瓶白酒也被他们三人喝了个瓶底儿朝天。

黑脸老汉微醺后说："佟黛，离我家都这么近了，你去一趟吧。就算你现在回去，也得在路上过夜，去我们家住两天呗。"

佟台吉点头同意，安排好铁木尔黛，去黑脸老汉家过夜。黄脸老汉也一起去了。

此后，佟台吉常常拿着望远镜爬上沙梁，一坐就是一天。他逢人便问。大家都说没见过。

在老人的期盼中，夏日结束，到了秋天。秋天结束，入了冬。

转眼到了第二年春天。这一年的春草，早早就冒了尖，比往年早很多。这年春天，圆峰驼终于找到了家门……

---

① 胡吉尔图：蒙古语，意为"有碱的地方"。

第 三 章

圆峰驼在浑善达克沙漠流浪了许久，最后终于找到了家门。此时的它，正年轻。

那是一个尘土飞扬的春日傍晚。圆峰驼自己也不知道，走着走着竟然从巴图贺西格沙丘上走了下来。它非常确定这就是它的家，家的标志，是那棵老榆树。它兴奋地拉长音调噂叫了一声。这一声噂叫，传到了台吉的耳朵里。

有风从蒙古包的套脑①吹进来，天阴沉沉的。这样的黄昏，能勾起人类的许多回忆。佟台吉的老伴已过世，他正落寞地坐在家里。他清清楚楚地听到了骆驼的噂叫声。这声音听上去就像有人在呼唤他的名字。

黄昏的巴图贺西格静悄悄的。这里没有什么人，这在骆驼看起来很舒服。它的脚下是流沙。沙丘的颜色和它的毛色一样，显得有些荒凉。这就是我的家！它再次噂叫。这一次噂叫时就站在蒙古包门前。蒙古包的门被打开一条缝，探出一个花白的人头，

---

① 套脑：蒙古包用来通风、排烟和采光的天窗。

接着走出来的是它瘦高的主人台吉。

圆峰驼记得它的主人，它闷闷地叫了一声，朝主人走去。它把头伸进主人的怀里，流下了大颗大颗的眼泪。骆驼就是这么可爱！

台吉走过来，嘴里便叫着"哎哟，这可怜的，这是……"等到骆驼把头伸进他怀里时，他才继续说："是我那峰没有母亲的骆驼回来啦！"他一边说着，一边紧紧地抱住它的头，用又瘦又黑的手抚摸它的嘴唇。

这个动作不知持续了多久。铁木尔黛从野外抱一捆柴火回来，看到爷爷活像一个精神不正常的人，抱着一峰骆驼的头站在那里，满脸是泪水。最后，他才想起什么似的，仔细端详着眼前这峰骆驼。

瘦了。瘦到了极致。除了它的大头、大骨架、修长的身子还在，驼峰已瘦成了软塌塌的东西，腹部已收紧，脖子变得细长。

老人看到自己的骆驼平平安安地回到了他的面前，高兴得到处找东西喂它。第二天，他便求人给骆驼去势①。他给骆驼取了个名，就叫它"圆峰驼"。此后，圆峰驼再也没有离开过主人。骆驼的名字，来自上次在公社合作社老友间的那次谈话。它遇到了好的家乡和好主人，现在只缺陪伴它的同类。

那年秋天，巴音塔拉大队因超负荷使用骆驼，使得全部骆驼尽数逃跑后，五畜②统计表的骆驼头数栏里，填的都是"0"。那么多峰骆驼，怎么突然就变成了"0"？对此旗里狠狠批评了生产

---

① 去势：将人或动物以外来方式除去生殖系统或使其丧失生殖功能。
② 五畜：也称"五珍"，指牛、马、骆驼、山羊、绵羊。牛、骆驼和马统称为大畜，山羊和绵羊统称为小畜。

队。后来，登记圆峰驼时，一个会来事的人在"0"前面悄悄加了一个"1"。尽管表格里的数字已增加，但很难在巴音塔拉看到骆驼。

这次圆峰驼的归来，不仅是它的主人佟台吉，也是整个队里的大事。高兴的人们就差一个个过来瞻仰这峰骆驼了。大队的几位领导也高兴得合不拢嘴。有了骆驼，不仅壮大了大队的气势，也充分彰显了队里人与牲畜和谐相处的友好氛围。

但圆峰驼它终归是一峰骆驼，和人类比起来它算不得什么，它继续用它壮硕的身躯、强有力的四肢和两个驼峰为巴音塔拉的人类服务。既然是牲畜，哪儿有其他路可走？

那年夏天，佟台吉再三央求巴勒登，把圆峰驼赶进了有围栏的大队草场。巴勒登答应，圆峰驼可以在那里待到入冬。在水草丰美的草场，圆峰驼迅速长膘，很快有了骟驼应有的样子。去势后，圆峰驼思念同伴的需求少了些，但在偌大的草场上孤零零地待着，也不是那么好受。人类肯定觉得它在偌大的草场里享福哩。圆峰驼也为这半年的幸福付出了相应的代价。

那年秋天，雪下得特别大，冬末春初起了暴风雪。本地的牛羊倒没什么，找个背风的地方继续苟活，头数也没减少。大队改良站的那几头牲畜出事了。习惯了让人伺候的两头种牛和十几只种绵羊开始迅速掉膘。高价换来的种牛和种羊，就这么死掉未免太可惜！队里的几个人开始想办法，但那几头种牛和种羊根本不肯在雪地上走一步，它们个个都是饭来张口，需要人伺候的"爷爷"。改良站的羊群又在此时下羔，放羊的一疏忽，羊羔都冻死了。放羊的还以为改良后的羊羔穿着厚厚的棉衣出生呢。经过漫长的等待，巴音塔拉改良后的羊羔终于出生了。放羊的见证了从母羊躺下到羊羔出生的全过程。没想到下的是一只四条腿修长、浑身不长毛的羊羔。没有毛的羊羔在母羊还没有舔舐完之前就已冻死。晚上回家时，放羊的带了好多只冻死的羊羔回去。第二天起，队里把要下羔的母羊圈起来养，这样倒是接了几只羔，但母羊产后都不下一滴奶水。

改良站的专家研究了好几天，得出的结论是：这里的牧草没有营养，应该喂外地的牧草。巴勒登考虑了，上面也要求基层改良畜牧品种，做强畜牧产业，于是斗胆去公社邮电局给旗里打电话。

旗里说："今年的草料我们可以给解决，以后的草料你们得自行解决。"

"自己怎么解决？"

"唉，怎么这么笨，自己种啊，知道'种'这个字吧？"

"往沙子里种东西，能长吗？"

电话那端的人恼火了，吼道："你们看人的脸色吃饭已经养成了坏习惯。别人都能在山顶上种田丰收，咱们怎么就不能在沙漠里种饲料？谁告诉你不长的？明年就开垦，种饲料！"

几天后，旗里的饲料到了公社。大家想运过来，可巴音塔拉的路上又是沙子又是雪，汽车根本开不进来，他们把饲料扔在半路上，开着车回去了。

驮饲料的任务自然而然地落到了圆峰驼的头上。反正这里也没有别的骆驼。台吉心情复杂地把骆驼给了他们。圆峰驼驮那些饲料用了四十来天。

懒人占布拉这次格外积极，充当了牵驼人。他这次倒是没有犯懒。他觉得骑着骆驼运东西没什么，还能每天挣工分。他骑上骆驼连连加鞭，到了公社先去合作社，如果遇到熟人就坐下来一起聊天蹭酒喝。就是没有熟人，他自己也带着钱嘛。喝了酒，再买几个糖果，把一麻袋一麻袋的饲料垒老高，自己再骑着骆驼回来。回去时，为了在半天内赶到公社，还不停地给骆驼加鞭。他喝了酒，就不会觉得无聊，但也没有那么多钱供他挥霍。于是他顺路去别人家串门，说自己口渴，或者借口说骆驼的后背肿起来了，需要用高度白酒消毒。大家都相信这位满头白发的老者嘴里说出来的话。

有一天早上，台吉看到骆驼明显瘦了不少，就问占布拉："你喂骆驼吗？"

"当然，喂得饱饱的。"

"那它的肚子为啥还那么瘦？你可别说谎。可不能让刚去势的骆驼干重活，这你知道吧？一次驮多少饲料？不会你也骑在上面吧？"

"一次也就三五百斤，我都是牵着它回来。"占布拉怕挨骂，只能这样说谎。

"那就好。它也是一条命。我们最忌讳让牲畜遭罪。你父亲健在时，是个爱惜牲畜的好人啊，可怜的！"

佟台吉并不想训斥太凶，只告诉他父辈是什么人，占布拉只敷衍一句"好好好，老人家您放心"，过后该干啥还是干啥，依旧骑在重重的饲料上，到了大队附近才下来牵着骆驼走。

驮饲料的工作结束后，圆峰驼的驼峰几乎没剩下什么，骨骼的轮廓变得清晰可见。佟台吉打算自己看骆驼，以后谁来借都不给。最后也没成功。但凡夜里有人来找，说家人病了，需要请大夫看病正骨时，老人心一软，就会把骆驼借出去。

从那时候起，天气对骆驼也越来越不友好。冬天变得特别漫长，长得几乎能和夏天衔接。说是夏天，可那也不是夏天。春天过后直接到了秋天。在这种天气里，所有牲畜都不舒服。冬天干冷无雪，夏天炎热无雨。这样的天气对圆峰驼和其他草食动物都是一种考验，而且几乎年年如此。

面对这样的光景，巴音塔拉的牧民准备去游牧点。

那年春天一直在刮风，整个夏天没下一滴雨。天上的太阳晒得大地冒烟，牧草到了干枯的边缘。牛羊的状况自不待言，甚至还不如春天那会儿。世界上的一切都在看上天的脸色，向上天诉说它们有多难，而苍天依然冷冰冰地拉着脸，一派爱莫能助的冷漠。

队长巴勒登挨家挨户地动员，说只要找到合适的游牧点就动身，但到底去哪儿和怎么走一直在等上级的消息。直到秋天，上面也没回话。最后，他们被迫无奈，决定自行做主。

队里的羊群先出发，后面是牛群。那天早上可真热闹，牛羊叫着，还伴有小孩的啼哭声和女人的叫喊声，就好像一个世界就此消失似的。畜群出发，扬起了滚滚的尘土。

就这么出发了。

临走时，发现车辆不行。载上蒙古包和粮食后，那些破旧的勒勒车几乎都出现了毛病。大家只好把东西卸下来想办法。

有人喊一声"骆驼"，用哀求的眼神看着巴勒登，就好像巴勒登怀里揣着一峰骆驼似的。台吉家倒是有一峰骆驼，但去求人的事，都是巴勒登去解决。除了他，没有更合适的人选。

巴勒登骑着马，急匆匆地走了。

佟台吉起初都没认出他是谁。顺着巴图贺西格的那条小路急匆匆地来了一个骑马之人，外貌轮廓让他想起了以前的达西章京[1]。那位清官无论是串门还是办事，都是这么个架势。

那人到拴马桩前下马后，才看清他是达西章京的后代巴勒登。不是说要去游牧点吗？怎么还没走？佟台吉把来客请到家里的上座，喝过奶茶后，拿出了一瓶酒。

"来来，巴勒登，也别那么着忙，坐坐，喝一点吧。现在咱们也没什么可忙的，坐下来解解乏。老弟啊，最近你可够累的。"老人一边说着一边拿出自己的银碗，坐下来陪巴勒登。

"我总觉得累一点也对。老弟巴勒登我一直比较努力，可是这巴音塔拉也没回馈过我什么。公社里一句好话也不肯说。我倒是可以一直这样干下去，反正又不会少什么……"说到这里，他干掉碗里的酒，擦了擦嘴，继续说，"但也不能不着急啊，我不着急队里的牲畜就会遭殃。牲畜都动身去游牧点了，就是车辆不行啊。按埋说，人和牲畜应该在一起，可我们的勒勒车都烂了，真是意料之外的事。"

"后退的人，什么时候都拖累上进的人。来来，干了这碗。"老人说着又斟满了一碗酒，把酒坛也放到了身边。完全是一副不喝完一坛酒绝不罢休的架势。

"以前我经常和你父亲这样喝酒。达西章京也是个大忙人。每天忙着收税。衙门的不好就成了章京的不是，人人都骂着他，几乎没什么人说他的好话。来了我们家，他倒不忙了，问我树林怎么样。我说没事，他就坐下来喝酒，他根本不急，喝完再走，真是个守土有责的好官。"

---

[1]　章京：清朝官职名。一说满语中的"章京"一词由汉语的"将军"演化而来。在清朝，蒙古八旗设有管旗章京、梅林章京、苏木章京、札兰章京。

"唉，怎么说呢，到我们这一辈什么都变了。我虽然能力不行，但也努力了！父亲深爱这里的一草一木，什么时候都不会怨天尤人，老天对他也不错，是吧，老兄。"

"是，就是。"

"老兄，我有一个想法。从明年起，我在这附近栽树。现在也提倡这个。年年干旱，牲畜也越来越少，它们糟蹋不到树木和植被。趁着这个时候赶紧栽树绿化一下。夏天把牲畜送到夏营地，头数也要有意减少，不然草场承受不来。我动员全队的人试试，我们的人喜欢这样的工作。大家都知道有了树木，就能多放几头牛。老兄，我说到做到！"

巴勒登喝多了。

台吉心里非常高兴。

"老汉我都七十多啦，你给我这个不闻窗外声的老汉带来了个好消息。希望这事顺顺利利，老汉我等的就是这天，不然我还活着做什么？还不如去见老伴儿。活着就能等到好事！"

说完，老人一口干了碗中酒。

巴勒登也醉了，但他没急着走。

"老兄，我的愿望一定能实现，一定。请你祝福我……"

第二天，车辆就动身了。

后面的人比头一拨人晚了一天出发，所以尽可能地往前赶。巴勒登牵着圆峰驼，上面驮着几百斤面粉，后面跟着勒勒车。好多牛都没有长途拉车的经验，从第二天就开始虚弱，像荒漠里的刺猬似的，慢吞吞地往东挪步。白天他们不停地赶路，晚上支起帐篷歇脚，让牛吃夜草补充体力。第二天太阳一出，他们就继续赶路。他们走着走着便翻过浑善达克沙漠，看到了一处一望无际的草原。他们整整走了十二天才到这里。

大家看到草原，都很开心，纷纷说从未见过这样辽阔的草原。看到广阔无垠的草原，大家都想在这里待一天，让牲畜们歇歇脚，自己也休整休整。

走出沙漠后，地上就有了结冰。草原上没有雪，万里晴空，但已有了冬意。

当天晚上，厨艺精湛的老贩子给大家露一手，做了一顿干肉馅儿饺子，让大家乐开了花。大家吃饱喝足后，站在帐篷门口，望着阳光都照不到边的草原，望着遥远的天边聊天。

有人说："草原多好，草原上的人，生来视野开阔。视野开阔的人，思想必定也深刻。"

"咱们就不行，沙丘挡住了咱们的视野。心里就憋闷……"

一个老汉过来插嘴道："我们虽然没有草原，但有比草原辽阔的东西，那就是天空。经常看到天空的人，才了解它有多辽阔、多高贵、多威严。草原上有的畜群，天上都有。我年轻时放马，就经常望向苍天。看到天空心里就变得舒坦，能联想到更遥远的东西。老天最知道你现在需要什么……"

大家你一句我一句聊了很久。

第二天，大家继续赶路。草原上沿路的牧草，一天比一天高，最后高过了牲畜。自三两天前，就有一股湿润的风。今天天上聚集乌云，有了下大雪的前兆。大家也猜到了这一点。现在带着畜群要去哪里？不知道。近来巴勒登望着无边无际的草原，常常发出一声叹息。

最近几天一直没水喝。大家随身带的水早已用完。人们舔湿嘴唇，忍着口渴默默地向前走。他们的眼神里充满了希望，希望能早点走出这片草原，能遇到一户人家或一处水源。

一个年轻人急躁地说："我们还能活下去吗？"他的眼球陷进眼眶，像一眼干涸的水井。

"孩子，再坚持一下。我们现在在草原上。走在草原上的人，就应该把草原当成故乡。看看远方，想想未来。这样你眼里就会有波涛汹涌的大水，你就拥有了继续下去的动力。人只要活着，就能喝到金碗里的水啊。"

大家筋疲力尽时，牛也走不动了。拉车的牛疲惫得睁不开眼睛，下巴在打战。它们虚弱无力地咬住牙，望着天沙哑地哞叫。

似乎只有骆驼身上还有力气。虽然它水米未进，但依然平静地看着前路，休息时躺下来便反刍。它根本不在乎一步步接近它的死亡气息。

高个子高超拿着锹往下挖了很久，连个湿土都没挖出来。

老贩子卧在地上，紧闭着双眼。

巴勒登坐到离大家稍远的地方，和他旁边的老人议事。

"没有别的办法。据说以前有人在沙漠里缺水喝，就喝马血解渴。我说巴勒登，牛和马是一个道理吧？"

"我们迫不得已才能这么做。再等等，或许会下雪，下雪就好了。老人家您去那边安慰一下那几个人。"

"好吧……"

缺水状况一直持续到了下雪的那天。

那天风变得柔和，天上的乌云越来越厚。不一会儿风停了，蝴蝶般的雪花纷纷扬扬地飘落。好在这场雪来得及时，没有让人们期盼太久。不一会儿，人们看不清牛角了，接着连鞋尖也看不清了。险些因为缺水丢了性命的人们，在此刻无比感谢老天爷的恩赐，纷纷趴在地上吃雪。

他们没有意识到，另一种灾难正在一步步逼近。

雪一直下，丝毫没有要停下来的意思。人们摆脱口渴后，又开始慌张。有人打起了退堂鼓："这么辽阔的草原，什么时候能走到头？与其累死，不如索性死在这里！"

巴勒登说："咱们必须得走，这是唯一的出路。我们可以留在这里。可先去的那拨人怎么办？他们无依无靠，正等着我们呢。走吧，这里的雪下起来有可能下个三五天，也可能是十天半个月。咱们走吧，就算是死，也要死在路上！"

第二天，大家出发了。雪还在下。

第三天，大家继续走。雪还没有停。

大家实在走不动了。雪没过了他们的靴筒，而且还在下。地上的雪到了牛肚子那里，没过勒勒车轮也不在话下。拉车的牛几乎已虚脱，靠连连抽打，才能往前挪两步。它们经常被脚下的东西绊倒。一倒下就起不来。

走在队伍前面的小伙子吼道："哥，这牛都快死了！"

在暴风雪中，只能听见他说的话，却看不清是谁。

巴勒登走过去看。拉车的牛躺在地上起不来了。大家围过来，看着巴勒登。大家都不想走。巴勒登明白了。作为队伍的负责人，他现在得说句话。他一屁股坐在雪地上，给大家分烟。

"牛走不动了，人也一样。这一路，大家付出了太多，这我知道。现在只剩下了三天的路程。如果是骆驼，走一天半就能到地方。勒勒车走不动，咱们就把东西都驮到骆驼身上。这些牛都尽力了，比人更尽力，让它们好好休息一下。一峰骆驼，哪儿能驮得动这么多东西，所以一次只能驮一户的，如果还放得下，就塞两袋面粉。把勒勒车扔在这里，牵着牛继续走。让牛驮点轻的，炊具和行李可以让它们驮。大概只能这样了。"

老贩子突然插嘴道："要是咱们的骆驼多一点该多好，拉这么点东西根本不叫事。也就用不着这些破旧的勒勒车。"

巴勒登说："多一些骆驼？想也别想！其实我们本可以有很多峰骆驼的。那年运输木材时失策了。那年伐树时，你们中的谁没去参加？当时到底是怎么想的？骆驼不就是那么逃跑的吗？现在就这么一峰骆驼。而且它还不归咱们，是人家台吉家的。这峰骆驼，咱们得珍惜着用，用完我还得好好归还人家哩。"

"我们的骆驼就那么不约而同地逃跑了。我大找了半个月，最后还是无功而返。"

"是跑到地球的另一边去了吗？那里不知有些什么。"

"有人呗，都是黄头发、蓝眼睛的人。他们渴望的东西多，月球都登上去了。如果轮到他们搬迁，一定是飞到目的地，也就眨眼工夫。不可能像咱们这么遭罪。"

"不知我们这里什么时候能变成那样。"

"我估计也快……"

准备让圆峰驼驮蒙古包。人们把蒙古包的顶橡包成阶梯式的两包放在驼背上，双峰中间还塞了两袋面粉。在面粉上面摆好蒙古包的毡顶和毡墙，最上面放了包壁和套脑。圆峰驼爬了约三米远，就是站不起来。有人出主意，让大家过来把骆驼扶起来。不管怎样，骆驼站起来了。巴勒登牵着骆驼走在前面，其他人牵着牛紧随其后。这次搬迁，路程远得叫人头疼。

在牛背上驮了行李，脖子上放了马褡子，两个犄角中间还挂了一口锅。这样走起来倒是不费力，剩下的东西只能回来再拿。

人们当天晚上穿过草原，第二天从北坡爬过了一座大山。雪停了，却刮起了暴风。

圆峰驼被重重的东西压得腰痛难忍，它从雪中抽出冻麻的双腿，吃力地向前走。它无法承受这样的疼痛和疲惫，连连痛苦地嗥叫，又在人们的催促下往前迈步。

翻过那座大山，用了整整一天时间。晚些时候爬上另一座山，看到山脚下有无边无际的松树林，温暖的气息扑面而来。牛群看到树林哞叫个不停，骆驼也甩了三下尾巴。

人们看到树林，暂时忘记疲惫，纷纷夸赞眼前的景色。巴勒登摘了帽子，面朝大家说："咱们总算是过来了，咱们到啦。今晚就能到地方。但现在得把东西卸下来，让骆驼歇歇脚。让牛也好好吃饱，看到树林，它们也挺高兴的。你们也好好歇歇。你们没见过这么美的地方吧？"大家一边说没见过，一边拿出干粮来吃。老贩子甚至还拿出一瓶酒，给大家加油打气。

巴勒登把第一碗酒敬献给眼前的山峦，其他人也纷纷效仿。

"我们离开了家，如今身在异乡。我们要敬重和爱护这里的人，这里的牲畜，不能起坏心，不能下黑手。这里来时什么样，回去时也应该什么样，对不对？"

"对，对。它首先给了我们暂住的土地，给了牛羊牧场。是它先伸出了援助之手。咱们得想想能回馈它什么。想想这里的人多么慷慨，把土地腾给咱们生活……"

"还真可以在这里长居。"

"我们的宝日哈珠，以前也这么美吧。"

"宝日哈珠比这里小多了，但在我们看来那也挺大。不管是大是小，现在都不存在了，消失啦。"

"不知用那些木材都做了些啥。"

"我们的树木立了大功，据说都成了建筑木材，建设了我们旗里。据说旧时庙宇的木材，也让旗里拿去用了……"

"我有一个想法，但还没在人前宣布，那天只给佟台吉说了个大概。我也没给家乡做什么有用的事，但是现在想做一些。"

"队长，您要做啥？"

"你们看到这树林了吧，漂亮不？可这是别人的家乡，不是咱们的。你说，咱们的家乡能不能变成这样？"

"当然能。就是树不好长，但柳条还是很容易成活的。谁不爱惜自己的家乡啊，我们都爱。但只靠我们几个人的力量还不行，得大家一起来。如果有条不紊地推进，这事准成。"

"如果是这件事，我老贩子愿效犬马之劳。虽然我平时总说一些不着调的话，但我指着天发誓，这次肯定说话算话。"

巴勒登的脸上露出了笑容。

"我就知道大家绝不推辞。留在巴音塔拉的人谁不愿意？都愿意！有了树木，我们就有了草场，这肯定没的说。不过还有一件事咱们得考虑。栽下的树，可不能让牛羊糟蹋。如果被牛羊祸害，栽啥也不成活，黄沙还会肆虐，咱们就白费力气啦。"

"还真是！"

"那把牛羊都卖了？"

"我也考虑过。这里很不错。这里的土壤优良，稳定性也好，还有树。这里的人心胸宽广，或许他们会让我们在这里多住上两年。但如果咱们坐吃山空，那什么都干不成。咱们不是那样的人吧？"

"怎么可能？咱们也是一个个活人呀……"

第二天破晓前，前后两拨人终于相聚，游牧点上处处洋溢着欢乐。先行的那拨人虽然等得辛苦，但本地人伸出了援助之手。他们的牲畜倒是很好，路上没有减损。巴勒登看到他们松了一口气，把折叠好的蒙古包从圆峰驼上卸下来，开始支起来。不管怎样，在日出之前这帮人有了自己临时的家，有了吃饭喝茶和过夜的地方，于是大家围坐在一起喝茶。对于游牧点的人来说，这样就可以了，还能奢望什么呢？

大家吃饱喝足后，巴勒登趁着热劲儿给大家说："你们辛苦啦，现在行了，这里的草场不错。后来的人先休息两天，再帮着先来的人打个牛羊圈，往牛羊圈里垫点什么。母羊腹部着凉，就容易小产。我去把扔在半路上的东西都拉回来，这件事就交给我。"

有人说："您比我们还辛苦，还是休息两天吧。那些东西我去拉，估计放在那里也没人要。"

巴勒登执意要走。

这会儿，骆驼啃树枝吃得挺饱。

巴勒登出发了。就算再快，这一趟路程至少得走一个黑夜两个白天。他坚持自己去。大家没从队长的脸上看出疲惫，所以也没多说什么。这两天又下了一场雪，游牧点的人要忙的事还有很多。

他们都心疼队长。队长去了一周还不见回来。

大家开始猜疑，并纷纷出去找他……

圆峰驼在大雪里驮东西来回走了二十来天。如果记劳酬，巴勒登和它是巴音塔拉大队的头号功臣。但事情会慢慢过去，对人而言如此，对牲畜而言更是如此。

在狂风大作的黎明前，圆峰驼带着骑在它上面的人，不小心踩在冰面上滑下了山坡。它不明白那天晚上主人为何那么着急。好像有什么东西使他感到害怕，又好像是有什么东西在呼唤，催它走得特别急。它走得急，才顾不上其他事。它虽然很累，但还得按照主人的意图快些走。山坡上的那一小块冰，它也不是没看到。它想立马停下来，但来不及了，脚一着冰面身体就失去平衡，被甩出了很远。

这样的摔倒对骆驼而言没有什么大碍，它挣扎几下就站起来，抖了抖身子。它的主人，却躺在冰冷的山岩下一动不动。圆峰驼走到主人跟前徘徊了许久，它在等主人起来继续走。太阳出来了，主人还躺在那里不动。最后它猜出了到底是怎么一回事。

圆峰驼守着主人过了五天。第六天，它戴着笼头往回走时，遇到了来找它的那拨人。虽然言语不通，但看到它的笼头，人们就猜了个大概。有一个人牵着它，来到山岩下。

主人还躺在那里不动。圆峰驼这次清清楚楚地看到，人也会流泪。它想起自己经常流泪。人类不一样，哭泣时会拉长调子，听着真叫人难受。

没过多久，这件事就被大多数人遗忘了。圆峰驼在游牧点干点杂活儿度日。冰雪融化，和煦的春天来了。过完这一年夏天，圆峰驼没怎么瘦，两个驼峰依然高耸。只有饲料充足，工作清闲时它才能保持不瘦。它在异乡看到春天的蜃气，听到候鸟的鸣叫，就会想起连绵的浑善达克沙漠。如果不是有绊子在脚上，它早回去了。

总有一个人，拿着绊子过来绊住它。他和其他人不一样，是个高个子。骆驼知道，他不会给它罪受，下绊子也很温柔。从冬天到秋天，只有他一个人照顾圆峰驼。他基本不骑它，也不拴着它，给脚上下了绊子就把它放到林子里。他真是个奇怪的人……

那年，巴图贺西格的春天来得格外早。

宝茹金用心饲养她那几头牲畜，直至它们吃到鲜嫩的牧草。打那时候起，她担心自己的爱人，总觉得他自由自在惯了，也该回来了。

佟台吉也常说，游牧点的人该回来了。

暮春时节，青巴图来了一封信。接到信，宝茹金激动得哭成了泪人。她不识字，把信带到佟台吉家里让他念。

佟台吉没在家，他在巴图贺西格沙丘上拿着望远镜看远方。铁木尔黛陪着他。

宝茹金拿着那封信，走到佟台吉跟前说："信里说什么，台吉阿爸能给我看看吗？"

"行，这是青巴图的信。这孩子离家有些日子了，行，这个字是妈妈，啊，我这老眼昏花的，给，铁木尔黛，你给念！"

"妈妈我非常想念你，想弟弟们，想铁木尔黛，想我的邻居爷爷奶奶……妈妈，我过得挺好的……今年夏天五年级毕业。铁木尔黛还在上学吗？"

"写得真好，信里还说什么？"

宝茹金坐下来擦眼泪，佟台吉望着远方出神。

"信里还说什么？"老人又问了一遍。

铁木尔黛哭了，八成是想他的好朋友了！接下来的内容，他读不下去了……

在一个绿草茵茵、鸟儿啾啾的日子，佟台吉和往常一样拿着他的单筒望远镜爬上了巴图贺西格沙丘。

他通过望远镜清清楚楚地看到，东边有扬起的尘土。那扬尘越来越多越来越近，像龙卷风，但又不是。

到了晚上，尘土越来越近，才知道那是迁徙的队伍扬起的尘土。老人耐心地等待，渐渐听到了吆喝牲畜的声音。接着，畜群翻过了沙梁。走在队伍最前面的是牛犊，接着是绵羊。

老人看到这里，突然激动起来，小声地自言自语道："啊，可怜的，是游牧点的人们回来啦！牛都长了膘啦。"老人擦了擦望远镜，继续观察。

巴图贺西格的牛羊留在自己的圈里，其他牛羊顺着门前的路朝西，去各找各家。

骆驼跟在牛群后面。圆峰驼，它走路的样子真有派头。看到它，老人非常开心。

"骆驼！我的骆驼呀！游牧点的人对你不错，两个驼峰还高耸着哩！"

"高超出来了，看他那样子，一看就是他！跟在他后面的是老贩子吧？俯身的那个是谁？是谁来着？你看我这眼睛……"

老人看着从游牧点回来的人们一一点名，自言自语地说着话，手里的望远镜也没放下。

"少一个人吧。难道是我没看着？不不，就缺他！该出来啦，应该气喘吁吁地，亮着他的一嘴金牙出来了呀……如果过来，肯定得来家里一趟啊……坛子里还有点酒呢，是留给你的，不给你还能留给谁？"

最后一辆勒勒车也被尽收眼底，扬起的尘土变得稀薄。

高超来到老人的门前，摇晃着身子进了蒙古包。这次来，他除了把骆驼完好地交给老人，还有一件事要给老人说。

老人还在沙丘上望着远方。

黑白花老牛看到自己的牧场和牛圈，连连哞叫，有人给它卸下拉车的套索，它便跑到了台吉家门口。圆峰驼嗥叫着走过来，躺在花牛身旁。

老人看到它俩，站起身来，嘴里喃喃道："我说两个债主子，你们等等，我这就过去。"

第 四 章

第二年春天，阿尔希的儿子，那个黑胡子小伙子又来了一趟。这次他倒是大大方方地介绍自己的家乡和姓名，说自己叫额布查克。额布查克比铁木尔黛大二十几岁。这次老人能明显看出他长大了，也变得善谈。但这次来时他已酩酊大醉。

台吉编笼头感觉有点累，正准备躺下休息时，蒙古包的门被推开，进来一个人。老人起初并不当回事儿，过了一会儿才转过身，坐起来问道："哪位？"老人没认出他是谁。进来的人被门槛绊了一下，连句问候都没有，直接过来坐到了老人身边。老人忙着给他倒热茶时，进来的人却打起了呼噜。

醉汉来家门口进屋时，感觉整个蒙古包都在摇晃。铁木尔黛看着害怕，怕这个醉汉让蒙古包散架。到了晚上，醉汉醒了，看来他的酒劲过去了。

老人还以为年轻人会继续讨骆驼时，他却说："这个弟弟可怜，是不是怕我？"他一边说着一边拿出点心和糖果给铁木尔黛，又向台吉问好后，接着说，"我爸让我过来的，让我过来看望你们。我爸总问你们过得好不好。每次我来这附近，我阿爸就从我嘴里打听你们的消息。"

听到他这么说，老人坐着朝他挪了一下屁股，问道："是吧，你阿爸他还好吧？还能放牧吗？我和他好久没见面啦，你们还在勃尔克山间草地那边住吗？"听到肯定的答案后，老人又夸他家那边的草场又辽阔又富饶。铁木尔黛甚至都一度认为，和老人聊天的不是额布查克，而是他的父亲阿尔希。

"想起我前几次过来的样子，我就觉得对不住您。我当时不懂事，没少折磨您！母驼死去很正常，它本来就老了嘛，就算是有驼羔也是吃你们的牧草，喝你们的水长大的，它不应该归我。您看我上次都干了点啥……我这个榆木脑袋，当时我真是瞎了眼……"

老人以为这年轻人为了打探骆驼的消息故意说好话，于是叹了口气说："那咱们就不要再提以前的事了。以前的事不管对错，老汉我都记不得啦。驼羔倒是自己回来了，在我的照料卜成了漂亮的骒驼。我一辈子跟骆驼打交道，不说假话。那骆驼终归是你家的，怎么处置你们说了算！如果你想带走，老汉我不能说不给。可惜的是我再也看不到骆驼了！"

"阿爸，您莫担心，我来不是为了这个。这次父亲专程叫我来看望您。他还说如果骆驼找到了，就当礼物送给您。所以骆驼我不会带走，会留在这里，把它送给您。骆驼归您……"

老人高兴得连忙给额布查克倒酒，自己也陪着喝。

"你把骆驼给我了，我也知道阿尔希会这么做。你说吧，用什么换，你随便提。大队会给你的。拥有一峰骆驼，哪儿是那么容易的事！我自己也会给阿尔希报酬！"

"我什么也不要，我爸就这么嘱咐的。"

"那可不行。有你的一句话，我现在开心极了。原来我还有幸有福能守着这峰骆驼过些日子。好了，孩子。你喝几杯。你在这里住几天吧，陪我聊聊。"

"那行。我也不着急，住两天也不耽误什么事。"

第三天，天还没亮老人就叫额布查克和铁木尔黛起来喝早茶。老人把牛牵过来，套在勒勒车里，在车上放两包东西，牵着牛往前走，完全像一个要出远门的人。

老人看到愣在那里的两个年轻人，问道："你们知道今天是什么日子吗？"

"不知道啊。"

"我昨天算了一卦，今天是个吉祥的日子。以前，每逢今日我们姓氏的人都去祭敖包，举办那达慕让大家开心。"

额布查克好奇地问道："您这是要去祭敖包吗？是你们家族的敖包吗？"

"祭祀时，我们家向来都是主角。但只要有信仰，谁都可以过来磕头。我们是牧人，得看老天爷的脸色。祭敖包，就是向苍天祈祷，保佑家乡平平安安。草原牧人头上的天，都是同一个天啊。"

"对对。"

"祭敖包这件事搁置了很多年。摧毁传统祭祀活动的动乱岁月过去了。没能好好传承是我的错，我有愧于祖先。请祖先们原谅我……"

一路上老人边走边说，在太阳还未升起时，到了敖包前。

敖包在巴图贺西格沙丘往南两公里的地方。在长着艾菊的土坡上，有几块被沙子埋了半截的青石，如果不走近，根本看不出那是敖包。枯萎的几根柳条告诉人们，这里的确有个敖包。

佟台吉把牛车停在沙丘下，带着包裹爬山。

首先要点火。用干牛粪和马粪蛋点火，再加檀香等熏出香味。今天晴朗无风，冒起的烟笔直地往上蹿。佟台吉用熏烟净手后，把装着七宝的甘露瓶压在敖包上，开始捡散落的石子焚香后，举行祭奠仪式，最后盘腿坐在垫子上。他从怀里拿出旧经文，清清嗓子，念道：

　　普照吉祥如意

　　蓝色的长生天

　　呼来，呼来，呼来

　　赐予福禄吉祥

　　光明的长生天

　　呼来，呼来，呼来

　　像日月般

　　赐予我们恩典的

　　威严强大的长生天

　　蕴含种种宝藏

　　太阳般

　　赐予恩惠的大地

　　呼来，呼来，呼来

　　我要祈祷跪拜

　　让我言出则成

　　让我心想事成的

　　诸位神仙

我要祈祷跪拜

普照世间

无比神奇的

诸位星宿

呼来，呼来，呼来

请让我们远离厄运

赐予我们雨水甘露

消灭我们的不善之念

让飞禽走兽皆享幸福

愿事事如意

愿世间处处吉祥

愿万能的长生天

愿永恒的诸神

赐我们平安如意

我在此虔诚祈祷

……

佟台吉虽然手里翻着经文，但都是背诵。等祭祀仪式全部结束时，太阳已升得老高。佟台吉和额布查克祭拜敖包，铁木尔黛也跟着跪拜。

那天晴朗无风，处处洋溢着夏天的热闹。佟台吉祭祀完毕后，直起腰，望着天边说："铁木尔黛，你过来。去把圆峰驼牵过来。再带一点碱过来。你看我多健忘！别忘了给骆驼套上鞍子……"

铁木尔黛应一声，去了。佟台吉望着他的背影说："长成一条汉子啦。乍一看，和他的父亲一模一样。长大喽！"

"看人的背影，总能想起好多事。算啦，不想这些。额布查克，别忘了添火，一会儿我们给骆驼戴上神符，给它自由。"

从敖包山北边的路上过来一拨人，他们的喧闹打断了台吉的思绪。他们有三四十人，一边走一边打闹。看到台吉后，都朝这边过来了。他们个个背着锹，拿着镰刀。

额布查克看到他们惊叫了一声："啊，我的天！"台吉看出摇摇晃晃地走在队伍最前面的，是高超，后面跟着一群年轻人。

高超从游牧点回来后，把骆驼还给老人，还跟他说了一件不幸的事。除了去游牧点的人，其他人都不知道队长去世后，他有多难过，为捍卫队长的面子做了多少事。那天临走时，他对佟台吉说："巴音塔拉的巴勒登去世了，这里再无巴勒登，我们也永远地失去了巴勒登！"秋天，大家都想选一个能接替巴勒登的人。有一拨人坚持找一个断文识字、精通政策的人当干部；去过游牧点的牧民和巴音塔拉的几个老人形成另一拨队伍，他们主张找一个牧区经验丰富、热爱这片土地的人当干部，并指定高超是最佳人选。台吉也支持高超，他第一次当着大家的面说："高超这人会做事、有想法。他热爱这片土地，胆识也过人。"

从这一年冬天起，高超开始参与队里的工作，开春后转正成了队长。刚一上任，他就提出要绿化巴音塔拉，防止沙漠蔓延覆盖草场。今天带人上来，就是为了兑现他的诺言。

高超走到沙丘下，喊道："佟台吉您这是去哪儿？见我们不怕吗？"

老人笑了，说："如果是十年前，我可能会怕。现在呀，反倒能让你们害怕。"

高超爬上来了。

"台吉阿爸恢复了祭敖包仪式啊，你们把工具都扔在那儿，愿意的可以过来跪拜，如果不会，就跟我学。老话说，见了敖包的人会焕发朝气。朝气这东西可是男人的天。站在敖包旁，你就可以和长生天对话。我们祈祷长生天给我们无穷的力量，祈祷长生天让我们平安吉祥。我们跟长生天要的东西不多，只要一场雨。愿长生天赐一场雨，让干涸的大地恢复生机。让邪恶远离这里，赐予大家智慧。万能的长生天，生在浑善达克沙漠的人，只希望得到这些……"

年轻人看到高超跪拜，有的过来模仿，有的想试试，但不好意思。

"你们怎么了？这有什么不好意思的？这不是什么值得奇怪的事，赶紧过来！"

"算啦，不要逼人，让孩子自己做主。你磕头就行啦。你们是来栽树的吗？这是好事。第几天了？"

"刚开始。我昨天捎话让他们过来，他们今天都来了。今天是五四青年节，应该庆祝一下。不过我们巴音塔拉也没什么可庆祝的，是不是？"

佟台吉哈哈大笑说："我觉得过去的好时候已经一去不复返了，额布查克，你说呢？"

"你们的草场不如前几年啦，牛羊群糟蹋了不少植被。你们这边的牲畜有点多。"

"以前这里可是水草丰美的地方，到处是树，好多地方人和牲畜都进不去，哪有这么多随风移动的沙丘。这边住着原来八个苏木①的几户老牧民。那时候可真好啊……"

---

① 苏木：内蒙古自治区行政单位，行政级别等同于乡、镇。下文出现的盟、旗、嘎查亦为行政单位，盟等同于市，旗等同于县，嘎查等同于行政村。

小伙子们凑过来，有个人问："台吉阿爸，当年咱们这边有老虎吗？"

"没有老虎，但有狼和猞猁。但它们也不祸害人。"

"狼群为什么都不见了？"

"现在是人和狼争夺食物，一比高下的年代。最后还是人类赢了。以前人吃人的，狼吃狼的，各自过得都挺好；现在，人口越来越多，吃的不够，就去抢狼的食物。最后还都抢过来了，不然狼怎么会凭空消失呢。"

"台吉阿爸说话就像讲故事，真想一直听下去。您说现在人口多资源少。如果人口继续增多，会怎么样？"

"你说我讲的像故事啊。故事一样的往事，都是人类自己造成的。我只是讲给你们而已。土地有限，如果人口继续增多，那不是坐吃山空吗？你们别笑，人类已经瓜分完狼的食物了，现在准备瓜分他人的食物！贪心是无边的，所以人什么都做得出来。到时候生态会失去平衡，人活着的目的，似乎就是为了吃。如果这样，到时候就完啦！"

高超笑着说："台吉一开口就开始讲故事。您说两句话，鼓励鼓励这些年轻人吧。"

"我说这些，也不是叫大家灰心。孩子们，你们不能永远是孩子，人总是要长大的。关于环境被破坏这件事，你们可能觉得是上一辈人做得不好。但你们的下一代同样也会这样抱怨你们。这事不能相互推诿扯皮。巴音塔拉这地方人多地少。畜牧一年年在减少，草场也在一年年变少。到了这个节骨眼儿，谁还能坐得住？以前我们的巴音塔拉可真富饶啊，也很慷慨。在我十几岁那年，打南边的杭盖来了几户牧民，他们是一群可怜之人。他们流着泪说，失去了他们祖祖辈辈生活的土地。离开故土的人，除了哭还能干啥？他们为了生存才被迫离开故土。面对他们，我们都慷慨地接受了。土地是伟大的，它能赠予每个人收获。人类只知索取，不知回报，才导致了今天的凋敝。天灾人祸是环境退化的直接原因。现在老天爷都不肯帮我们，年年干旱！啊，苍天啊，请保佑孩子们！"

年轻人有的走开，有的静静地听老人讲。

老人不再聊天，开始念经文时，高超招呼大家去干活。他们走到敖包北边的沙丘上，动手挖坑。

佟台吉对额布查克说："巴音塔拉刚开始着手这项工作。任何事，做起来都不那么容易。"他接着说："你看，铁木尔黛把骆驼牵过来了！"

铁木尔黛牵着骆驼来到敖包旁。台吉颤颤悠悠地走过去说："孩子，你累不累？牵着绕敖包顺时针转九圈，然后再把高超叔请过来。骆驼我来牵，额布查克，别忘添柴。倒牛奶，我给涂抹在骆驼身上祝福它。"

高超过来前，老人给圆峰驼的顶鬃系上哈达，给了它自由。

等高超过来后，台吉大声念完经文说："我给骆驼戴上神符，给了它自由。它是咱们这里唯——峰骆驼，就给它自由吧。叫你来，就是想告诉你一声。以后不能骑它，也不能让它干其他的活儿。即使到了迫不得已的时候，也得爱惜着用。就让它吃嫩草喝清水，自由自在地生活吧！好了，就这事。他叫额布查克，你们认识一下。他是死去的那峰母驼的主人，所以也是圆峰驼的主人。咱们都说圆峰驼是咱们的，可他才是真正的主人啊！"

台吉说完笑了，接着又说："这次额布查克是过来送骆驼的。

我说高超，白白得到一峰骆驼从来不是那么容易的事吧。"

"那是自然。这峰骆驼是自己来的，来了已经十年啦。我还想过有一天它的主人来要，我们会怎么办。既然这位弟弟愿意把骆驼送我们，我们当然求之不得。台吉阿爸给骆驼戴上神符，给了它自由，这么做无可挑剔。有了骆驼我也高兴。这样吧，弟弟，我们用大队的一匹好马跟你换。"

额布查克连连摇头说："我什么都不要，这已经给老人说好了。这里的人和草场养育了它十几年，我什么都不要。它就是你们的骆驼。"他一边说着一边对着酒瓶喝了一口祭祀用剩下的白酒，又把酒瓶递给了高超。

高超没有推辞。

"不管怎样，我要给你一匹走马。这不是用骆驼换的。如果你再推辞，就伤了哥哥的心。话说，你们那里的骆驼多吗？"

"有是有，不过也不多。"

"老弟啊，你想得真宽，你们那里地广人稀吧。牧场怎么样？"

额布查克说："勃尔克那边，倒是比这里好一些。看着你们这里，心里就有点不舒服。"

"可不是嘛。如果够好，我们还费劲栽什么树！是彻底不行啦！我们是可以栽树，但栽下去的树得成活才行。如果想让树成活，就得减少畜牧。小树苗可经不起牛羊折腾。所以我们还得去游牧点。现在的当务之急是找到一个合适的游牧点。如果弟弟同意，我们就去你们勃尔克山间草地去过夏。我就是这么个厚脸皮，还没给你什么，倒想着索取了。"

高超说完笑了，额布查克也被他逗乐了。

"我额布查克也不是小气鬼啊。如果你们找游牧点，这次就跟我走。你得去找我们那里的领导谈。"

"找游牧点是肯定的，看今年的样子，一定又是旱年，必须得提前谋划……"

春夏之交的这一天，是大太阳天。在骆驼的眼里，天地无限宽阔，能让人忘记各种烦恼。

人类的聊天内容，圆峰驼都不感兴趣。它也没必要知道这些。它望着远方发呆，或走到主人身边反刍。它今天吃了好多蝎子草，胃里饱饱的。在它的眼里，一切都安静安详，世界就像一垛垛草料。想什么都费神，索性就把脑子放空。

今年春天，它几乎没掉膘。春天一直刮大风，冷了几天，但都无碍。今年的柳条早早地结骨朵，蝎子草也早早地破土而出。它吃了一个月这些牧草，浑身有了膘，还开始脱毛。

圆峰驼以前从未这样长过膘，以后也不会。虽然主人给它戴上神符，给了它自由，但它命里不该那么惬意。浑善达克所有动物们正在经历的苦难，同样也降临到了圆峰驼身上。

在接下来的日子里，圆峰驼没干那么重的活儿，也未曾远离巴图贺西格。它常伴在主人身边，但渴望周游全世界。它为了一口水和一口草而忍辱负重，在思念同类的感伤中度过了后半生。人类时常需要同类的帮助，骆驼亦如此。这峰骆驼将经历怎样悲伤的故事，请看下卷分解。

卷 二

第 一 章

　　那年秋天圆峰驼十三岁。对于一峰骆驼而言，它已过了青壮年。那年长了些膘，本打算跟着大家去游牧点，最后也没去。人们开始忙一些别的事情，提倡改革开放。人类的这次变化，影响了浑善达克沙漠的每一个角落，甚至还影响了一峰骆驼的生活。人类终于结束了封闭，人与人也变得亲近。它带给圆峰驼的变化，倒没那么大。它还是这里唯一的一峰骆驼，日子过得还是混混僵僵。

　　人们打破了大锅饭规则。大锅饭本来就布满了裂痕，人们打破它也没使多大劲。巴音塔拉的畜群都分给了个人，台吉和铁木尔黛也有了自己的几头牛羊。圆峰驼也成了台吉的私有财产。在老人看来，这又是一个充满竞争的时代，不同的是原来是旧社会，现在是社会主义新社会。每个人都希望把日子过好，每个人也都希望自己多囤一些物资。没有人不爱钱。大家为了钱，开始相互竞争。那些有钱人，往往都像发情期的儿驼般蛮横高傲。

　　大家热热闹闹地分牲畜时，圆峰驼到大湖边住了一个多月，等天气冷了才回来。因为身上戴着神符，整个冬天没干恼人的工作。它每天在巴图贺西格沙丘周围转悠，一周到井边喝一次水。

那年冬天没有下雪。那年夏天就干旱，到了冬天自然也不下雪。天气又干又冷，如果是集体化年代，肯定又冻死不少牛羊。如今牛羊都在个人手里，就连懒汉占布拉，整个冬天都没闲着，忙着让自己的畜群安全过冬。那年的接羔情况也好，巴音塔拉的牲畜多了不少。

人类最大的追求就是赚钱发财。国家也提倡让一部分人先富起来，提倡大家想方设法改善自己的生活。这样的做法十分正确。

开春后，羊绒价格突飞猛涨，乐坏了牧民。来浑善达克沙漠收羊绒的人就多了起来。他们的穿着和生活方式都和本地人不一样。圆峰驼也奇怪怎么一下子冒出了这么多人。那些外地人看到圆峰驼也感到新奇，围着它指指点点。他们大多生活在农区和城里，没见过这么大的牲畜。他们聊的是：一峰骆驼能产多少肉；它的四个脚掌值多少钱；如果送到张家口的动物园能赚多少票子。

夏天，佟台吉家来了两个人，其中一人手里拿着麻绳。老贩子把旗里的那两个同行领到了台吉家，问好之后直奔主题，说想买骆驼。

老人如实说道："这峰骆驼我卖不了。已经给它戴上神符，给它自由了。"

其中一个干部模样的人拿出手巾擦了擦汗说："那没事。我们买骆驼又不是杀了吃肉，是送给动物园。我给您这个数！"说着，他伸出了三个手指，说了一个天文数字。

老贩子见老人对开出的价格并不动心，凑过来笑着说："都给了三个数，不少了。刚才他们去看了你那峰骆驼，看对了才出这个价。如果是我，就直接卖掉，您再考虑一下！"

"再怎么考虑我也不能卖，已经给它戴上神符了。你们不能上别处找找？"

旗里来的那个人说："找是可以找，但很麻烦。再说，您这峰骆驼好看，我们需要的正是这样的骆驼。去动物园，骆驼就享福啦，动物园是动物的天堂啊。老人家，您就出手吧。"

"不行吧。戴上神符的牲畜，不能远离草场。这是老规矩。我们为了让它在草场上自由自在地生活，才给它戴了神符。"

老贩子说尽了好话，旗里来的人也积极争取。他说："现在旗里通了铁路，发展态势迅猛，在火车站旁边建了一所动物园。党号召我们解放思想，尽快致富。您把骆驼卖给我们，不仅符合党的政策，还能赚到钱，说不定动物园新成员的这条新闻还能上报纸哩。"佟台吉还是不肯卖。他们仨在老人家里磨了很久才离开。从台吉家出来后，旗里的那个人对老贩子说："老汉的脑子里进水了！"老贩子也连连说是。后来好多人也在台吉背后说他是"脑子进水的老头"……

夏天过去了。

炎热的夏天，圆峰驼基本待在湖边；到了秋天，在敖包山附近落入了盗贼手里。那年的草场情况非常差，羊群陡增，它们只能吃个半饱，骆驼就更不在话下。它只能啃柳条等东西，但落了叶它们就变得苦涩难咽。它只得走远一些，到敖包山附近觅食。

敖包山附近的羊群也不少。因为是两个行政单位的交界地，那里的牲畜更多。春天接羔接得好，加之家家户户都有了自己的羊群，这儿一群那儿一群，又散又多。在集体化时期，一大群羊只要一个羊倌就够，现在每小群羊都需要一个羊倌，所以也突然增加了不少羊倌，他们中有老人和孩子，也有妇女。每天都有赶羊群的声音，圆峰驼一听到这个声音就害怕。现在它吃着草不时地抬起头，警惕地观察一下四周。

羊倌不会知道圆峰驼的苦衷，他们的心里只有自己。他们一个比一个自私，只要天塌不下来，赶羊声就不绝于耳。

圆峰驼在暮秋一个起风的月夜落入了盗贼手里。当晚飞沙走石，刺沙蓬在沙梁之间滚来滚去。圆峰驼躺在敖包山北边的平原上想自己的事。现在它不愿意回家，那里的草场退化严重，而且它也待腻了。这边的草场也不行，得换个地方。如果夜晚足够安静，它一定能听得到周围的动静，闻得到气味。盗贼逆风而行，悄默默地来到它的右边，趁它不备套上了笼头。大概他们也知道这峰骆驼很老实。

圆峰驼一跃而起，挣扎了几下挣脱不掉。它明知道他们是几个陌生人，也没拼命挣扎。他们一共五人，三个走在前面，后面跟着两个，轮流牵圆峰驼，谁也不骑。可见他们是想平分赃款。

他们跑起来还挺快，一整夜都在小跑。黎明时分，盗贼牵着骆驼走出沙漠，穿过草原，进入了光秃秃的沙丘中间。如果骆驼有记忆，它应该记得自己还是一峰驼羔时，曾在这里过了一夜。宝日哈珠的一匹狼走到它身边，然后又灰溜溜地走掉。它现在完全不记得这些事。

盗贼大概怕光。东方发白时，他们不住地看天边，一次次加快步伐。在路上，他们还偷了一头正在吃夜草的牛……

那天早上，天上乌云密布，看不到太阳到了哪里。迎面吹着冷风，不过风势比前一晚小多了。

嘎查长高超骑着他的黑色走马，赶在人们没让羊群出圈之前，朝南走去。马领会到主人的意图，加快了步伐。骑在马上的人也心情愉悦，但他消瘦的脸上写着疲惫。

有一个月没骑马了。今天出来这么早，不是想骑马，而是想巡查一下草场。好多天没下雨了。上次下雨时，高超还在旗里。他的肝病发作，在旗里住院治疗了一个月。还不到出院时间，旗里就召开三级大会，一连开了七天，昨晚才散会。

参会的人很多，大多是领导。把原来的公社和大队，改成了苏木和嘎查，所以现在都叫苏木长和嘎查长。旗里总结了新政策的优点，要求大家进一步解放思想。基层干部都表示要加快改革步伐。他们纷纷承诺牲畜达到多少头，人均纯收入达到多少元。

只有高超一个人提意见。他说："牲畜头数已经超过了草场的承受能力。就拿我们巴音塔拉嘎查为例，有些牧民的牲畜头数连年增加，走上了致富路；一部分牧民的牲畜头数不但没有增加，还出现了骤减，个别牧民的门前连一头牲畜都没有。在我看来，造成这个局面的原因很多，但最主要原因是草场退化和环境沙化造成的。"

与会的人，基本不愿相信高超的话。大家现在都富裕了，怎么还跑出来这么多困难户？

"这是你们巴音塔拉嘎查的建设做得不够，牧民经常偷懒造成的。那些对牲畜不管不顾导致它们死亡，卖了牛羊换酒喝的人不穷才怪！还会继续穷下去！如果不开个方子治治这个毛病，不穷都难！"

高超站起来说："贫困户有很多原因。你们说得对，不是每个牧民都一样。有勤劳的人，但犯懒后退的人也不是没有。爱喝酒、懒惰、不操持家的牧民也不在少数。但这不是主要原因，主要原因是草场在退化，这是关键。大家都可以少喝酒，都可以勤奋起来，但这样就能让老天下雨吗？今年又久旱不下雨，牧草的长势一年不如一年啦！"

有几个嘎查长站起来，力挺高超的发言。

最后一天的会，上级决定解决这个问题。

"老天不可能按照人的意愿下雨。草场缺水的问题，倒是有办法。我们拉上围栏，给大家多打几眼井。每家每户在自己围好的草场里钻井、开垦、种牧草，最后实现机械化灌溉，完全摆脱老天爷的束缚。这就叫人定胜天……"

大家听了都很开心，竟然还有这种神奇的东西！所有嘎查对抽水灌溉表现出了极大的兴趣，赶紧上报了所需的水泵数量。

"设备现在还不在我们手里。等我们统计好数字后，去内地订货。货到手里，大概是明年春天的事，由我们的钻井队负责给大家挖井。在老式洋井上安装水泵，给它加满油，水泵一发动，水就哗哗地往外流。就这么简单，请大家把钱准备好……"

高超订了不少网围栏，水泵倒订得不多。如果真有这么个好东西，明年春天拿到手也不迟啊。嘎查里那些没有草场的贫困户，网围栏一拉，不就有了自己的草场！他想着这些，今天一大早便出来了。得去一趟宝日哈珠和敖包山那里。不知那边的草场怎么样，去年栽的一万亩树苗有没有被牛羊祸害？前几次去看时，树苗长势不错。夏天，几个不听话的羊倌把绵羊赶到那里，让我费了多少口舌？他们在嘴上占了便宜，但归根结底都是在损害谁的利益？不过也没事，待到明年春天，就拉上网围栏……

高超爬上敖包山时，牧民的羊群还没出来。这里到处是绵羊的脚印，对草场破坏不小。绵羊又吃又踩，大部分树苗都被吃坏踩歪了。那些不听人劝的羊倌，就喜欢在我背后干坏事。今天我就在这里，看你们还能怎么兴风作浪！

　　啊，这是什么动物的脚印？来了好多人啊。是圆峰驼的脚印！怎么人和骆驼的脚印叠在了一起？骆驼一直在小跑。人从那边过来，去了那里，是个外八字，走得还挺急。啊！妈的，这些盗贼，把圆峰驼给偷走啦！

　　高超立马跑到佟台吉家，告诉他自己的所见……

　　骆驼和牛走路的速度不一样，愁坏了那几个盗贼。他们不敢堂堂正正地赶路，只想找个地方躲起来。这事如果被抓到，必定蹲大牢。为了赶紧找个藏身的地方，他们用手里的铁棍一次次戳牛屁股，有时从路边随便拎起个硬东西，就骂骂咧咧地砸在牛身上。圆峰驼看到这一幕，也感到浑身疼痛，情不自禁地放快了脚步。

　　落入盗贼手里的那头牛，虽然身体强壮，却是一头老牛。它在不停地鞭打下，翻过几个沙丘便走不动了。它气喘吁吁，嘴巴、鼻子和眼睛都流着水。它把牙咬得咯咯响，连连甩着尾巴，可就是走不快。它再努力，也只能这样了。

　　五个盗贼并不放弃，在牧民们赶羊外出吃草时，经过几道光秃秃的沙丘，终于在沙丘里看到了一片小树林。他们乐开了花。他们现在更不想把这头牛丢弃在半路上了。他们感激老天的保佑，差点跪下磕头。

　　五个盗贼准备在那里熬过白天，到了晚上再赶路。等坐下来喘口气，他们才发现自己有多累。他们把牛拴在柳条丛中，想让骆驼卧倒。这骆驼怎么这么高？如果不卧下，早晚会被人发现。盗贼们见都没见过骆驼，自然不知如何让它卧下。其中一个说不能硬来，必须得用巧劲。他们拽着笼头一遍遍喊"趴下"，就差给骆驼磕头了。他们见这个办法不奏效，就恼羞成怒，开始疯狂地抽打。圆峰驼看到手里拿着木棍的人，就怕得原地打转，差点挣脱了笼头。他们举起木棍打时，骆驼的嗥叫声就更惨。那些人慌了，嘴里喊着："亲爹，你别叫了，别叫了！"

圆峰驼还是没有下跪。它站在那里嗥叫了半天，继续走。下午刮起大风，地上黄沙漫天，天上乌云密布，根本看不清前面的路。那几个盗贼觉得这是天赐良机，牵着骆驼往前走。接下来的路，他们走得倒没那么急，就算全凭老牛的节奏来，也能在天黑前到地方。

他们在夜里穿过沙漠，走进了平原。秋夜冷飕飕，加之又下了一场细雨，冻得五个盗贼瑟瑟发抖。但对骆驼而言，这样的天气格外舒服，它可以饱吸清凉湿润的空气。那头牛的步伐也已明显加快。黎明时，他们到了个地方，把老牛扔在那里，牵着骆驼继续走。又走了一截，就到了一个村头。其中三个盗贼离开，回来时成了五个人。他们不停地反驳彼此，后来的两个人往其中一个盗贼的手里塞了一沓子花花纸。如果圆峰驼懂得更多，就能知道自己的价格，就值那一沓子花花纸。但它只是一峰骆驼，并不知道这些，乖乖地跟着后来出现的两个人走。他们没有马上杀了圆峰驼吃肉，下午把它牵到了额勒顺旗动物园那里。

圆峰驼在到这里之前没想那么多。草原那么宽阔，天空蔚蓝，空气还那么清新。一路上，它也没怎么饿。突然，眼前的草原变成了一排排平房，随风飘来一种难闻的气味，周围动静也跟它之前见过的不一样。它非常害怕。那里有一种震耳欲聋的声音，天就像巴掌那么大，根本没什么草原。也就是说，它在路上遇到的那个美好世界消失了。

它来到了完全陌生的世界。一列列长长的汽车冒着烟从它身边呼啸而过，活像一只只正在愤怒的动物。它从未见过那么可怕的东西。两个人硬拽着它穿过铁路，进了一个院子。原来这就是动物园。这里被分成好几个格子，格子之间用铁做的网隔开。门是铁做的，一切都是铁做的。这里虽然刚刚建成，但足够坚固，里面也没几个动物。在一个封闭的笼子里养着几只狐狸；那边的铁丝网里有两匹昏昏欲睡的马。他们把圆峰驼关进了挨着铁丝网的院子里。院子的正中间有一个带水的铁槽，旁边有两袋干草。除了这些，院子里光秃秃的，什么都没有。

那里的干草发出难闻的气味。圆峰驼一口都没吃，也没喝水。它想着怎样逃跑，在院子里过了三天。它一刻都没有合眼。来参观的人络绎不绝，但都说不出它的名字。

第三天，来了一个有钱的主儿，说自己从小在南方都市长大，从未见过骆驼。管理员看到那位给出的报酬，高兴得合不拢嘴，甚至答应让他骑上去。在这么小的院子里，除了有人牵着骑，还能怎么样！

两个人把骆驼牵到门口，把着笼头，搬来一把椅子，让那位有钱的主儿站在椅子上骑上去。但那家伙骑骆驼还真不在行。他站到椅子上，拽着两个驼峰往上爬时，骆驼突然撒开腿就跑。

它不喜欢有人拽它的驼峰，也不知道跑掉会有什么后果。觉得不舒服，又气不过就跑开了而已。它想甩掉骑在它身上的东西。它用力跺脚，刚要逃跑时，牵笼头的两个人也感到害怕，放开了它。圆峰驼跑出大门，横穿马路，爬上了铁路的路基。骑在它背上的东西，早不见了，不知道他是什么时候掉下去的。笼头的绳子缠在腿上断掉了，它还没有停下脚步。

因为有一拨人在追它。

"追，追！拦住它！"

"抓住它！谁能抓住它，必有重赏。你们这些笨蛋，快点追上，妈的。"

圆峰驼什么也看不见，什么也听不见，只觉得脚下的路非常硬。

汽车追上来了。当汽车横在前面时，圆峰驼本想跳过去，但是没有成功。它知道自己被包围后，艰难地爬上路基，准备穿过铁路。路基更硬，它一瘸一拐向前走，疼得抬不起脚。脚趾钻心地疼，趾甲已开裂。

过了片刻，突然传来雷声般的轰隆声，天地都在颤抖。它发现现在追它的，不是人，而是一辆列车。圆峰驼的心跳加速，因为害怕眼睛瞪得像碗口那么大……

这边圆峰驼遇到危险，那边寻找圆峰驼的行动也在紧锣密鼓地进行。高超第一时间把骆驼被盗的事报到苏木派出所，苏木派出所又报到了旗公安局。公安人员迅速出动，很快逮捕了五名嫌疑人。盗贼对所做之事供认不讳，公安人员来动物园要骆驼时，动物园工作人员说骆驼刚刚逃跑。额勒顺旗政府非常重视这件事，督促公安局要办好这个案子。但圆峰驼就像钻进了地缝似的，突然消失了。

佟台吉听到圆峰驼被盗这件事，当场晕倒在地。心力不足这个病困扰了老人多年，今天突然爆发了。一个年逾七十的老人，有点毛病也属正常。从前两年开始，老人的身体一年不如一年，基本都待在家里度日。铁木尔黛长大后，好多事不再需要老人操心。

但老人还是闲不住，尽自己所能给铁木尔黛帮忙。他戴着老花镜，坐在外面读报纸，了解世界新闻。世界那么大，总有你不知道的事。以前，老人不知道世界这么大，报纸上也不写这些内容。现在的报纸，内容非常丰富：局部战争、火山爆发、下石头雨、各国元首外交互访……老人说："如果我是领导，就周游世界。"有人嘲笑他，屋子都出不去，还说要周游世界。你把骆驼惯成那样，看看，被盗贼牵走了吧，晕倒也算正常，丢了这么大的牲畜，谁都心疼。

几天后，佟台吉家里来了两名公安人员。他们详细询问骆驼的情况，顺便也想了解一下周围有没有其他盗贼。他们说盗骆驼的人，已被抓捕归案，过两天他们就会把骆驼送过来。佟台吉激动地握住公安人员的手说："还是我们的人民警察好！"说完还呜呜哭了半天。

好长一段时间都没有骆驼的消息，最后到了无人问津的地步。台吉去求高超，希望他帮忙找找。高超骑马走了二十几天，走了几千里，也没打听到什么消息。回来时，人和马都瘦了一圈。高超打算来年春天马儿恢复体力后，再出去找一圈。接下来他有更重要的事要处理，找骆驼的事就被搁置了。上级让高超负责分草场的事，说要把嘎查的草场都分给个人管理。上级还要求各家各户把自己的草场用铁丝网围起来。

冬雪一融化，分草场的工作就开始了。高超拿着绳子走在最前面，上面来的几个人跟在他后面进行记录。先核算全嘎查的草场面积，然后再分给每家每户。高超现在同时忙好几件事。但分草场是他的主业，上面来的那几个人非常支持他的意见。他顾不上自己的事，牛羊都瘦了一圈。春寒料峭时，他家的草料已用完，他很焦急；他答应佟台吉帮着找骆驼，想赶紧把手头的事做完。但分草场这件事做起来比想象的还要复杂。上面来的几个人也知道这件事棘手，就想着在这一两个月赶紧办完。一旦长出牧草，草场一眼就能看出好坏，那岂不是更麻烦！高超也赞同，加快了工作进度。

　　工作刚刚开始，大家就开始吵吵。因为谁都想要好草场。首先给台吉家分草场。佟台吉家就他和铁木尔黛两个人，巴图贺西格沙丘北边的两个洼地就够了。佟台吉想带个头，没计较草场的好赖。他应得的，就那么多。给占布拉家分草场，用了好几天。占布拉家的草场挨着佟台吉家的，经过敖包山，到人工林地那里。

　　上面来的几个人说："占布拉，这是你家草场。"

　　占布拉转过身，对高超说："我不要这块草场，全是沙地。就这么点草场，我们怎么过日子？你们不要欺负人！"说毕，他就骑着马走了。几天后，高超去他家做工作。占布拉扭过头去不说话，他老婆在流泪。看来老两口刚刚吵过架。

　　他用手腾出点地方坐在炕上，尽量和蔼地说："占布拉你把草场领了，在合同上签字画押吧。我们也不想这样，这是上面的规定。我们给你的草场不多也不少，正好啊！"

　　占布拉一根接一根地抽烟，眼睛盯着窗面，手在抖。

高超安慰他说："你要说沙子，咱们巴音塔拉哪儿没有沙子？把草场承包给个人有好处。那些牲畜多的人家，再也不能瞎糟蹋草场了。大家都有了草场。就算谁家没有牛羊，照样能分到草场。你属于中等户，你家的草场管够。如果你能种树绿化一下，就是牲畜头再数多，谁能说个啥。你们家劳力好，如果肯干，孬的也能变成好的。"

宝茹金抱怨道："外面遇到啥事就回家撒气……有这工夫还不如把草场围起来种树。敖包山北边的地不应该分给我们，离我们家那么远……"

占布拉拍桌子吼道："你把嘴给我闭上！"

"你们分给我的草场我不要。如果分，就把敖包山北边的地全给我。为啥给我分的都是沙地，我们家这么多口人，靠什么过日子！哪儿有这样的道理，你们在欺负人。你们都在吃人民的。不仅自己吃，还给别人吃。佟台吉家的铁丝网就是你们给的，凭啥就不给我？如果分配不合理，我就去告你们。嘎查的钱，是不是都让你们给吃了？"

听占布拉这么说，高超不但没生气，还笑着说："我说占布拉，你是那懂事之人啊……佟台吉家你又不是不知道，一个体弱多病的老人加一个还没长大成人的孤儿。他们家分到的草场又不好，铁丝网是我去年去旗里给他们争取的。钱国家出一半，我自己准备出一半。我费尽力气争取，就给了那么一点，所以得先照顾几个贫困户。好吧，如果这样，占布拉你别要敖包山北边的那片草地了，如果你要得多，别人分到的就少了，巴音塔拉的草场总共就这么多。要说起来，敖包山以北原来也是沙地。我这两年带着嘎查里的年轻人栽树，草场不就恢复了吗！但是现在牛羊进去踩踏，树苗都死啦。所以呀，地不在好坏，就在于咱们能不能改造它。"

占布拉还是不听劝，他说："我不要草场，我们家七口人你们来养。国家扶持谁，又不扶持谁？征收时，你们倒是来得勤快，分东西时你们就这样？嘎查里每来一个上面的领导就胡吃海塞。高超你也吃了不少羊肉吧？那些领导真给牧民办事了吗？他们是人，难道我们就不是人吗？你们这是欺负人，吃人！你以为现在没有政府吗？以为还是旧社会吗？不是，现在是社会主义社会！"

当天没谈成。第二天早上高超去找他，占布拉出门办事，夜里才回来。

高超说尽好话，又请他喝酒，他总算在承包合同上签了字。高超承诺低价给他两个网围栏和一台水泵。

分完巴图贺西格的草场后，高超又到其他地方工作。比占布拉还难缠的人比比皆是。他们有的用软话央求；有的摆酒席请客；有的高声恐吓；有的骂人加哭闹。甚至还有妇女扬言，如果嘎查把她平时小解的草场分给了别人，她就当众脱裤子抗议。所有人的目的只有一个：多得到一些草场。人为了自身的利益，什么没有底线的事都干得出来。

这项工作整整持续了两个月。牧户们纷纷把到手的草场围了起来。佟台吉也不例外，他用上级给他的网围栏简单围住了草场的两边，剩下的工作不求人是不行了。他们一老一少，还能有什么办法！

打那时候起，浑善达克好像变瘦了，变小了。原来辽阔无边的沙漠和草场，承包给个人后，怎么感觉就变小了呢？直到过了很久，大家产生了这种感觉。他们意识到，牲畜一旦被限制自由，多大的草场都显少。他们开始加倍保护自家的草场。如今摆在他们面前的是一道选择题：爱护眼前的大自然，还是继续进行掠夺式的开发？

　　分草场的事一结束，高超就骑着马去找骆驼。现在他家里的事也亟待解决，但既然已经答应了老人家，就不能食言。这次他扩大搜寻范围找了好几天，还是没找到骆驼的下落。

第 二 章

　　圆峰驼在铁路上奔跑着。长长的列车离它越来越近，发出刺耳的鸣笛声。恶臭难闻的黑烟钻进圆峰驼的鼻子，让它十分难受。

　　圆峰驼踉踉跄跄地往前跑，把命运交给了自己的四条腿。它现在甚至想不起来四个脚掌都已受了伤。它只能向前，争取把列车远远地甩在身后。它不知道，一旦从铁路上跑下去，它就可以脱离危险。

　　火车只会沿着铁轨前进。它下不去，不到地方也无法停下来。对于一列火车而言，一峰骆驼算不得什么障碍，就算碰撞也可以毫发无损。大不了牧民看到被撞死的牛羊骂它几句而已，它不怕被人骂。

　　不知道是哪里来的一股神秘力量，支撑着圆峰驼在铁路上不停地狂奔。

　　火车离它越来越近，都蹭到了它的尾巴。圆峰驼害怕至极，闭上了眼睛。它突然被绊倒，高大的身体失去平衡，从铁路上顺着路基滚了下去。它脱离了危险。

坏就坏在它滚到了铁路的这边，而它的浑善达克沙漠在铁路的那边。现在它完全没有了穿过铁路的胆量。或许，它滚到铁路的这边，是上天的有意安排。

圆峰驼滚几下就停住了，幸好，没有被火车撞坏。等它站起来时，火车已呼啸而过，地上还弥漫着一股浓烟。它迫切地想要离开这个灾祸之地，找到一处安静的地方。它忍着疼痛，朝天边那一座蔚蓝的山峦迈开了腿。

脚掌已裂，一路上都在流血。现在，圆峰驼才感觉到钻心地疼。火车的鸣笛声还响彻在耳边，好像就紧随在身后。它回头看，身后什么都没有。

傍晚时分，它走进了原野。等恐惧渐渐平息后，它才看清这是一处辽阔的平原。太阳还在天上，不过马上要落下去了。骆驼眼中的大自然，渐渐恢复了应有的样子。圆峰驼想忘乎所以地睡一觉。

但它没有睡好。每次闭上眼，近来遭遇的种种便浮现在脑海里，让它一次次从梦中惊醒，有时甚至会哭着醒来。

光阴荏苒，又到了冬季。圆峰驼独自走在山林里，偶尔爬上风声呼啸的山顶，眺望远方。目之所及，看不到同类，浑善达克沙漠延绵在天边。它多想飞奔而去，但前面横着冰冷的铁路，间隔一段时间，就有火车呼啸而过。春天，山上的雪还没开始融化时，浑善达克沙漠的雪已化尽，金色的沙丘下有了朦胧的蜃气。看到这些，骆驼的身上就会有无穷的力量，但直到夏季来临，它还徘徊在铁路旁边……

那年夏天，青巴图回来了。宝茹金一眼就认出了儿子，占布拉却没认出来。占布拉在宝茹金的提醒下，才想起自己还有这么一个儿子。尽管是继父，看到儿子回来，占布拉还是挺高兴的。当然高兴，儿子长大啦，如今已学成归来。在整个浑善达克沙漠，都找不出几个这么有文化的人。读了十年书啊，据说再复习一年，就可以参加高考。如果能考上大学，那就端稳了铁饭碗。

"还是铁饭碗好啊。你爸我一辈子都没吃上这碗饭。生产队的时候，只当了几年仓库保管员，那是我重权在握的时候。算啦，不提老皇历啦。现在咱们家出了个文化人。文化人容易吗，比当官的都好。你知道吧？"

宝茹金有些高兴过头，根本没听清占布拉的话，只摇头答了一句："不知道。"

占布拉家热闹非凡时，他的邻居佟台吉家却十分安静。铁木尔黛出去办事，佟台吉靠着行李躺着避暑。占布拉家来人了，到底来了什么人这么热闹？如果是远客，倒可以打听一下骆驼的下落。可他的身体状况无法马上起来。待到傍晚天气舒爽后，他拄着拐杖去了占布拉家。远远看见蒙古包里坐着一个陌生的小伙子，大概是城里人，应该对骆驼没什么兴趣。等老人到占布拉家门口时，小伙子跑出来问好："台吉阿爸，您好呀！"

老人惊讶道："哎呀，是青巴图呀，都长这么大了。你看我这双眼睛，都快认不出你来了，变化可真大！孩子你毕业了吗？你叔叔他们一家人都好吧？"

老人的脸上立刻乌云转晴，高兴地进了蒙古包。

"你回来了。那好像是去游牧点过冬的前一年吧，也好像是前两年。时间过得可真快，都十年了。你妈呀，天天盼着你回来。可路途那么远怎么过来？我年轻时，这点路走一天就到。那时候的马也好，骑一天也不知道累。我认识你叔叔，我在那边还有好多熟人。那里有山有水，真是个好地方。那里也有骆驼来着，现在还有吗？"

"比起这边，那里没有沙子，地方也宽敞，适合放牧。我刚去的时候还有几峰骆驼，后来都不见了。我这几年几乎没见过骆驼。不过有一次坐火车，看见路边有一峰骆驼在徘徊。当时我只瞟了一眼。"

老人凑过去问："你说啥？"他根本不敢相信自己的耳朵。

"铁路边上的确有一峰骆驼。到了站火车停靠时，旅客们都无聊，看着骆驼解闷儿。那峰骆驼离我们很远，从后面看的旅客，还在猜着那是什么。"

青巴图想起，当时他看了那峰骆驼好久，这时站在他旁边的一个女孩拿出照相机按下了快门。青巴图认为，女孩拍照，不是为了与他相识。他们却像认识多年的老友，聊起来毫无违和感。如果没有那峰骆驼，也不会有那次邂逅。火车在黄昏时到达额勒顺旗，青巴图与途中相识的女孩道别。在途中，他自报姓名聊了半天，却忘了问女孩的姓名和通讯地址。这让他非常后悔。

自从听到骆驼的消息，台吉一连好几天都没有睡好。秋天，青巴图回去时，老人叮嘱他看清楚那峰骆驼的样子并告诉他，还说如果骆驼还在那里，就牵回来。老人相信，那就是他的圆峰驼。

青巴图回去了。回去时还穿着校服，戴了一顶太阳帽。佟台吉目送他离开，看着他的背影站了很久才回屋。青巴图先走三十里穿过沙漠，再坐刚刚开通的客运车到了旗里。

到了旗里，当晚就有火车。但他却没走。他在旗里住了一晚上，第二天漫无目的地闲逛，希望能遇到上次那个女孩。是为了给佟台吉的骆驼拍一张照片，还是因为喜欢她？青巴图无法回答。他在旗里住了两三天才离开。

青巴图到叔叔家，看到了女孩写来的一封信。她知道青巴图叔叔家的通讯地址。信里写道：

亲爱的朋友：

请允许我这么叫你。我相信，我们已经是好朋友了。虽然我们只相处了半天时间，但我们对彼此的了解已不少。自从那天起，我经常拿出那峰骆驼的照片看。如果没有那峰骆驼，咱俩就不会相识，相遇的可能性也很小。是那峰骆驼牵线搭桥，让我俩成了朋友。

我喜欢骆驼，也爱它。我还想再看它一次。我希望让人心情愉悦的它平平安安，也希望有一天咱俩能一起去看骆驼。你愿意和我去吗？

我最近遇到了一些困难。妈妈生病了，大概是重病！我不敢想太多，就我自己陪着妈妈。在我还很小的时候，爸爸就抛下我们母女走了。请原谅我毫不见外地跟你诉苦！

顺便说一下，上次我忘记告诉你我的名字了。我叫呈德。我的通讯地址就在信封上。妈妈的病一好，我就去找你。咱们一起去看骆驼。你不用来找我，我知道你忙。好好复习吧，祝你考上理想的大学。再见！

呈德

看日期，信是上个月一号写的，寄出来已经过了四五十天。

青巴图看完信，坐不住了。他暂缓找骆驼这件事，在叔叔家只待了一天，便坐上了西去的列车。火车经过额勒顺旗，在夜里到达了下一站。青巴图下了车，在火车站等来了黎明。他现在睡不着，也不想睡。想到一会儿就能见到那女孩，心就怦怦跳。不管怎么样，先去了她家再说。他想好与老人见面后说的一套客套话，可说出来还是有些磕磕绊绊。他觉得她家有老人，空手去不合适，就顺手买了点东西。

天亮后，青巴图走出火车站，朝山脚下的村落出发。虽然看着在眼前，真走起来也不近，走了一个多钟头才到。村里是一排排东倒西歪的土坯房。他不敢相信如今还有这么贫穷的地方，更不相信这里会有那么漂亮的女孩。按照呈德信上的地址，青巴图找到了村子南头一座低矮的土坯房。

家里没有人，门上挂着锁，窗帘也拉着。青巴图极度疲惫，也失望至极，一屁股坐在地上。他后悔自己没能及时看到那封信，接着想了种种不好的结果。

门口有一个七八岁的小男孩在拉玩具车玩。青巴图叫小男孩过来。小男孩站在离他不远不近的地方，仔细打量着他。

青巴图抓一把糖果给小男孩，问道："这家人去哪儿了？"

"奶奶去世了。妈妈说，奶奶再也回不来了。"

"呈德不在家吗？"

"呈德姐姐去了很远的地方。"

"去哪儿了？"

"那儿。"男孩说着，指了指火车站。

青巴图盯着车站发呆。当他不知怎么办时，来了一个女人。

她比青巴图大很多。见面时，她还热情地打招呼，转而脸色一变，质问道："盯着一个没人的家，你想干啥？你是讨饭的，还是偷东西的？"

青巴图紧张得脸变得通红，他说："不不！我，我是来找呈德的。她写信给我。"

"哦，原来是呈德等待的人，是你呀。你来得可真够早的！你这样，还不如干脆不来！"

"信上她也没叫我过来……"

"你还要请啊，你可真是个大人物。是个人，看那封信就能全明白。那封信我也看过。"

她这么一说，青巴图的脸又红了。

女人一副天不怕地不怕的架势。青巴图想打听呈德的下落，他带着几分央求的口气问道："我要走了。呈德去哪儿了？姐，她之前有没有跟您说她要去哪儿？"

"如果我知道她在哪儿，还会这么干坐着吗？肯定去找呀。如果知道她要走，我们还能放她走吗？得想办法让她留下来呀。你去找吧，把能找的地方都找一找……"

青巴图不知道自己接下来该怎么办，在小车站徘徊了两天。第三天，他上了东去的列车。

列车走半天才经过浑善达克沙漠，下午驶进了一望无际的大草原。

青巴图目不转睛地盯着草原。上次那峰骆驼就站在这里，今天草原上什么都没有。直到火车穿过草原，他也没看到骆驼。呈德信里提到的那个"让人心情愉悦"的骆驼，不在这里。骆驼的确能给人带来好运，但它现在不在草原上……

圆峰驼的回乡之旅变得异常顺利。秋天，风向突然变化，从浑善达克沙漠那里吹来了几次大风，将家乡的沙尘铺撒在它走动的路上。圆峰驼看到这些沙子，就情不自禁地想念自己的家乡浑善达克沙漠，也想念那位慈祥的主人。它再一次爬上路基，看到铁路下的桥洞里有马儿奔跑，就朝那边走了过去。桥洞很大，通过它都能清清楚楚地看到对面的风景。近来没见到人类，长长的列车也没再过来。圆峰驼战战兢兢地穿过桥洞，奔向自己的家乡。如果路上没有阻碍，它走上三四天就到了。

青巴图一直在寻找那峰骆驼，但他来晚了。他后来才知道，原来给他带来爱情的，正是圆峰驼。他从叔叔家借了一匹马，找遍了周围的山川和草原。他想找到给他带来好运的那峰骆驼。找到那峰骆驼，说不定呈德就会来信。那多好，见到自己心爱的姑娘，可以和她促膝长谈。两个人可以在骆驼旁边摆各种姿势拍照。

骆驼就是找不到。

圆峰驼返乡的路上突然出现了好多网围栏。遇到矮一些的网围栏，它就跨过去；遇到松一点的网围栏，它就闯进去。但更多的网围栏又高又紧，它只能沿着大路绕过那些障碍。这一天，它终于走到了苏木政府所在地。

在这里，圆峰驼意外地遇到了一位熟人。圆峰驼一眼就认出他，和他一起踏上了回家的路……

那天早上，占布拉起了个大早。他准备进苏木一趟。昨晚没有放马吃夜草，一骑上便可以走。着啥急呢！他原本可以喝完昨晚喝剩下的半瓶白酒再出发，但老婆大清早就开始唠唠叨叨，让他不得安生。老婆说："进了苏木少喝些酒，早点回来。要来那么重要的客人了，你怎么还是那么不急不忙。"忙不忙，进苏木来回一趟也是一天的路程，当天晚上就能回来。这婆娘什么都不知道，只知道唠唠叨叨。

占布拉骑上马出发了，心里不怎么高兴。这次进苏木，除了交税，还得置办一些东西。家里要来一位重要的客人，他来自蒙古国。招待那么尊贵的客人，光喝奶茶显然不行。去苏木买东西，与其让孩子们去，还不如自己去。

说实话，那位客人可以说是占布拉的发小。他是已去世的普日布的哥哥。很小的时候过继到别人家，去了远方。如果不是这样，还不得和我一样，是个跟在牛屁股后面的牧民啊。但高超他们都说，普日布的哥哥现在当了大官。他官不官的，都和我没关系。

因为出来得早，占布拉早早地到了苏木。他先去商店买了佟台吉和老婆让捎的东西。从商店出来，他去了税务局。趁早把事都办完，然后找一家饭店，坐在软软的椅子上，好好吃顿饭。就算在饭店里坐上三四个小时，也没人说什么，天还早着呢！掐着时间一出发，就能在太阳落山之前到家。

进了税务局，事情就复杂了。比起前几年，税的名目繁多，税额都有所增加。等交了税，占布拉兜里的钱就所剩无几了。依法纳税是每个公民的义务啊。占布拉拿着发票气哼哼地出来，牵着马来到了一家小饭馆门前。他翻了半天衣兜，只掏出一些零钱，买了二两散酒。如果能买一整瓶，那该多爽！

占布拉拿着酒，没在饭店里喝。他坐在拴马桩旁，喝起酒来。得慢慢品，不然这二两酒，他完全可以一口闷。

占布拉我没愁过什么。我只知道占便宜，占小便宜。我怕那些小便宜把我撑死。上面要求如实上报牲畜头数，及时交税。还警告我们，有人故意瞒报牲畜头数，那是逃税行为，是要罚款的。他们每次清点牲畜时，查得那么严，我们哪儿还有瞒报的机会？估计过几天连野外蹦跶的兔子、家里的老鼠都得算上。毕竟它们也和牛羊一样吃草。

哪里来了这么一股冷风？都灌进我嘴里了。城里人在这样的大冷天肯定待在温暖舒适的屋里，或者在宽敞的马路上开着车找情人幽会去了。我们乡下人，只能在这样的冷风里坐在外面喝点酒。话又说回来，如果不会忍受，又靠什么吃饭？天上又不会掉馅饼。我们一辈子风吹日晒地跟着牛屁股转，享受过什么？近来年年干旱，我家分到的草场还那么少。家里那么多孩子，我们怎么过日子？如果当时不是国家奖励多要孩子，我才不会要那么多呢。现在，青巴图也回来了。如果明年考不上大学，不吃我还能吃谁？加上他，我们家五个孩子。要我说呀，还不如老汉我先走一步，眼不见心不烦啊。

以后大家想起我，大概都说我是个懒汉吧。占布拉我也有两下。不是那啥也不会干的人。说我嗜酒如命，又不是我愿意喝，是酒瘾来了受不了啊。我喝酒，都是因为家里那个婆娘。她整天在我身边唠唠叨叨的，真想把她的嘴给缝上。早就该离的。如果早离了，就能找一个合得来的人。我没离，还过着混混僵僵的日子。难道这就是生活吗……

二两酒喝完了。他很后悔出门时没多带一些钱。这时，他看到沿着苏木大马路，走来一峰骆驼，像孩子似的好奇地看着他。

虽然骆驼还没走近，占布拉还是一眼就认出了它，牵着马迎上去。

圆峰驼还活着，可怜的东西，它也老了，现在把它赶回去，老汉见到它肯定会乐疯的。

圆峰驼瘦了好多，驼峰都不见了。它有骨气，所以看着精气神儿还不错。快点走吧，一会儿就让你见主人。老汉高兴了不知会怎样，不知他们家有没有奶酒喝？

圆峰驼也加快了步伐。

它知道，这些年的流浪到了结束的这一天。它开始挪步小跑。

它日思夜想的家乡，为什么不再是它熟悉的样子。关于这一点，莫说是一峰骆驼，连人类都还没有完全明白哩。

下午，刮起冷冷的风，开始飞沙走石，分不清哪里是天，哪里是地。圆峰驼流下了热泪。它的嘴里进了不少沙子，那味道熟悉而美好。

第 三 章

突然刮起了冷风。温带沙漠的天气，就这样善变。台吉家五毡壁①的蒙古包，从套脑里呼呼灌着风，幪毡被吹跑了好几次。老人误以为这大风是汽车的动静，频频走出蒙古包观望。说是要来一个贵客，怎么还不见？

那位客人在从额勒顺旗到巴音塔拉的路上。他坐在旗长越野车的副驾驶位子上。后排坐着一个五十来岁的胖男人。他是旗长，一路上不停地找话陪客人聊天。

普日布的哥哥道日吉中等个头，是个有远见之人。从他的言谈中可以看出，他很有修养。他的衣着干干净净，人精神头儿十足。这几天繁忙的工作，让老人看起来略显疲惫。

他是蒙古国外交部的高官。年轻时因为职业的关系，去过世界各国，为国际和平做出了应有的贡献。

他此次访华有两个目的。第一个目的是跟着总统到东方文明

---

① 五毡壁：蒙古包的大小，常常以毡壁的个数大小为单位。毡壁个数越多，蒙古包就越大。常见的有四毡壁蒙古包、五毡壁蒙古包、六毡壁蒙古包、八毡壁蒙古包等。

古国——中国来看看，对于即将卸任的他而言，这是一次难得的机会。他对中国充满了好奇。他喜欢中国提出的"和平共处五项原则"，此次来华是为了让中蒙两国外交关系更进一步。

第一个目的在首都北京很快就实现了。五天的谈判非常顺利，两国领导在合同上愉快地签字，大厅里爆发出了雷鸣般的掌声。

直到欢送晚宴那天，老人还没有透露他此行的第二个目的。他也知道，再不说就晚啦。如果还不说，北京到乌兰巴托的飞机一旦起飞，一转眼人就到了乌兰巴托机场。要说，要说，可是怎么说出口？我不是一个普普通通的公民，还有职业身份啊，怎么可以在国际事务中办私事？

中国驻蒙古大使馆的一位官员跟他很熟。晚宴上那位官员站起来，端起酒杯关心地说："您今天怎么闷闷不乐？为了咱们的友谊和您美好的未来干一杯！"

道日吉站起来说："谢谢您的关心。我没有不舒服，只是我还有一件事欲说还休。我的出生地在浑善达克沙漠，我在察哈尔大地上度过了童年。我们家大人在战争中牺牲，弟弟和我相依为命。如今我很想念老家，也想念生活在那里的胞弟。如果两国的外交关系越来越好，我愿意成为来中国探亲的蒙古国第一人。这是我的私事，希望贵国能给予方便。"

宴会厅里变得鸦雀无声。过了一会儿，我国一位官员站起来说："我们非常尊重您的意愿。我们商量后，会给您一个满意的答复。您说的私人意愿对促进两国外交有非常积极的作用，谢谢您。"

晚宴结束后，那位官员找到道日吉说："我们同意您的请求。

我代表中国，恭喜您成为来华探亲的蒙古国第一人。为了保证您的人身安全，我们给您安排一辆专车吧！"

道日吉紧紧握住对方的手，激动地说："谢谢您，也谢谢贵国。我不需要安保，也不需要专车。希望您能理解我。我就是个公民，也是牧民的儿子。我这次是回老家，所以不能有这么大的排场……"

我国官员当然不赞成道日吉的做法，派专车将他从北京送到了额勒顺旗，在道日吉再三劝说之下才回京。上级要求额勒顺旗妥善安排道日吉的行程，在出行、住宿等方面给予方便。

额勒顺旗自然全力以赴，留道日吉在旗里住了两天。在此期间，他们派人到巴音塔拉，了解了道日吉的目的地。

第三天，旗长与这位贵客一路向北。车里只坐了三个人，后排座位上放着几盒接待用品。

旗长一直在找话聊天。他说："我们这里的摔跤手厉害，快马也不错。近来，我们每年都举行那达慕。草场承包到户后，牧民的积极性开始好转，牲畜也在逐年增加，旗里的财政也在好转。"

道日吉认认真真地听旗长讲。他说："是吧。大环境好，个人就差不了。我们的国家也开始效仿你们，畜牧头数也在增长。但不管是你们还是我们，都在靠天放牧。前几年我曾去发达的牧业国家访问。他们的畜牧方式非常先进。他们都是机械化放牧，人工降雨。这是世界畜牧业的新趋势。他们根本不用看老天的脸色。贵国和蒙古国，都是温带草原国家，必须考虑草场的承受能力。依托草场的畜牧业不仅看老天的脸色，还得看大地的脸色。"

越野车绕过长着灌木丛的沙丘，奔驰在草原的土路上。这一路走来不是很顺利，第一天在一个苏木里过了夜。

第二天，他们的车驶入了茫茫沙漠。平时飞奔的越野车，在沙漠里只能缓慢爬行。一有风起便沙尘、沙砾拍打着车窗。司机频频给油，越野车排出刺鼻难闻的尾气。

这些当然让客人不舒服。

旗长也看出了这一点。他只好如实说道："快到了。如果越野车没陷进沙子里，咱们早到了。这沙漠里不通公路，要修路就得需要大量资金。旗里心有余而力不足……"

那天黄昏，旗长的越野车开到巴图贺西格沙丘附近，就陷进沙子里走不动了。道日吉下了车，想看看老家的样子。夜色渐浓，到处是黄沙，到处都是。看到黄沙，他没有感到不舒服。

"如果快到了，咱们就步行过去吧！"

旗长不让道日吉步行，回头骂着司机。司机越给油，汽车就越往下陷。

高超带着一帮人闻讯赶来。他们知道越野车在沙漠里行不通，就牵来了骆驼。见面后，道日吉和他们一一握手问好。

圆峰驼把陷进沙子里的越野车拽了出来。它回到家刚待两天，就摊上了这么个重活儿。

那天晚上，巴图贺西格格外热闹。道日吉先去了台吉家里。这是他最应该见的人。旗长告诉他，巴图贺西格没有一个叫普日布的人。

佟台吉出门迎接客人，尽量让自己不拄拐。

客人进了蒙古包。

还未上奶茶，道日吉就开心地说："今天看到我的出生地，心情大好。台吉的老毛病不碍事吧？我还记得您。见见长辈可真好。我今天终于回来了。我在外漂泊了五十年，今天还能有幸回老家，算算也是有福之人。"

台吉看到客人这么亲切，就看着他说："道日吉，喝茶，吃点东西。这一路，累坏了吧？我大老远就听到了你们汽车的动静。我耳朵很灵，就是眼睛不行了。从乌兰巴托怎么过来的？你们那里今年的雨水如何？我们这里现在是漫长的秋天……"

客人说："坐飞机过来的。在北京待了一个星期，办公事。都到北京了，我就想来看看我的老家。"

"是是。心善良，事竟成。你现在想去哪儿就能去哪儿，这多好！"

铁木尔黛放羊回来了。台吉引见之后说："过来给伯伯磕头。"道日吉在铁木尔黛被晒黑的脸上看到了憨厚。他吻了铁木尔黛宽厚的额头，祝福道："愿你的身体像山一样结实，愿你的心胸像草原一样宽广，愿你多给父老乡亲造福，愿你孝敬自己的长辈。"

第二天还是很冷。

道日吉喝过早茶，想去看看祖先的坟地。道日吉的祖坟在哪里，只有台吉一个人知道，他准备给道日吉带路。

宝日哈珠进不去机动车，几个人选择步行。佟台吉的腿脚不利索，青巴图和铁木尔黛从两边搀着他走。

在路上，道日吉说："我早就想出来一趟了。人越老，就越想来一趟老家。但一直没什么机会。我每年清明都到边境上烧纸祭祀。我能做的，也就这些。今天我既然过来了，就给扫扫墓。我就像回到了童年，今儿可真高兴！"

台吉说："回了家，当然高兴。到了宝日哈珠，恐怕还得找找才行。那地方我以前很熟悉。只是这两年我的腿脚哪儿也去不成了。总之得找找才行。"

台吉的话千真万确。到了宝日哈珠，坟地还真得找。那里寸草不生，茫茫沙漠上只有牲畜的蹄印和几丛灌木。

"那地方在哪儿呢，到了吗？"

"是的，到了。"

"没有任何标志啊！"

"是，得找。我只知道个大概，近来又没来过。道日吉你坐在这里抽根烟，我去慢慢找。"

沙漠突然有了生命似的，风带着沙砾抽打在几个人的脸上。飞沙走石对道日吉而言一点都不陌生，还有几分亲切。今天不冷。他抽完一根烟，又点了一根。

"找见没？"

"没有。"

"台吉你慢慢找，我不着急。"

老人继续找。标志性的树不见了，标志性的沙丘也挪走了，连树墩都找不见了。这变化真大！那么高的沙丘，都被风带走了。

"现在找见了吗？"

"唉，还是没找见。"

"没关系。我不着急，您慢慢找。"道日吉对青巴图和铁木尔黛说："你们俩还是孩子，好多事肯定没注意。从现在起，得注意身边发生的事。别人不注意的琐碎小事，更要注意！"

佟台吉找遍了宝日哈珠，最后他指着一个光秃秃的沙丘，无奈地说："大概位置就在那里。但到底在哪里无从知晓。很抱歉，这里都变样了。"

客人说："那我也扫不成墓了，找不见嘛，能有啥法子？台吉，没事。我就坐在这个沙丘上点火祭祀吧。铁木尔黛，你来生火。"

他们在宝日哈珠待了很久。道日吉变得灰头土脸，头发也被吹乱了，但看起来依然精神焕发。回去时，道日吉看到一块拳头大的石头，翻来覆去地瞧，拿起来揣进了怀里。他说回国后把它放在书桌上欣赏。他捡了个宝石似的，心情格外好。如果捡到的是真金白银，他倒不一定这么开心。

当晚，佟台吉举办了一场热闹的欢送宴。客人明天就要回国了。在台吉家蒙古包火撑子后面，放了两张桌子，左右两边各放了两张茶桌。台吉的蒙古包宽敞，坐得下十几个人。占布拉受邀参加欢送宴，附近的几位长者也受邀前来参加。

人来得多，却迟迟不肯入座。

佟台吉对道日吉说："您请！"

道日吉推辞道："不，我不能坐主座。您是这里的长辈，您坐才是。您请吧！"

大家也纷纷说远方来的客人坐主座。

道日吉无论如何都不肯，他说："这不在远近。论辈分，台吉是我的叔叔。请大家允许我让老人家坐在主座。"

台吉哈哈大笑说："不妥。还得您上主座。莫说是在我们这个小小的欢送宴，国宴您都是坐主座啊。我们都说，政府代表坐主座，个人代表坐次座。"

大家也都说客人应该在主座。

道日吉说："如果主座是代表政府的，那我就更不能坐了。我是这里的人，是牧民的孩子，这是我在老家的最高头衔。这位旗长，是你们的直接领导。他应该也是这里土生土长的人，是吧？"

第三个人被押出来，事情就好办了。道日吉把位子让给旗长，旗长就坐下了。

酒过三巡，佟台吉有了醉意，在这群人里数他年纪大。他站起来说道："今天我很高兴。我从未这么高兴过。我在这个世界上过了八十个春秋，经历了那么多事，却没有这样开心过。我值了，死而无憾。我这一辈子，过得不错，对此我很满意。当官的可能嫌我在胡说，但我说的都是大实话。我要给道日吉看个好东西。铁木尔黛，你去把我的包裹拿来。"铁木尔黛拿着一个方盒子过来，递给了老人。

是一个檀木方盒。大家都好奇老人在盒子里装了什么宝贝，原来盒子里是一本《森林布局图》。老人小心翼翼地拿出它，递给了道日吉。

道日吉看到书便惊叫道："稀有，绝对稀有！这书可有年头啦。这不是我们今天去过的地方吗？这林子，直到湖水那里啊。这湖叫什么名字？"

佟台吉凑过去解释说："这湖离这里有几百里远。换了几次名字，但它还在那里。"

"原来这附近都属于阿拉坦敖包的森林地带啊。这则是后期的笔记。这书上有很多早年的笔记哩，记的都是森林的位置，连记录的年份都很清清楚楚。"

他们在朦胧的烛光下对着那本古书看了许久。书收起来后，关于它的话题还在继续。

旗长问："现在日本人在弄古董，卖给他们，得值点钱吧？"

道日吉说:"这方面我倒是不大了解,但我知道它很珍贵。可以这么说,这本书记载了一代代沙漠牧民的宝贵精神。也就是和大自然和谐共存的精神,这种精神是无价之宝!"

道日吉的一席话鼓舞了佟台吉,他说:"终于遇到了个识物之人。你们都听到了吧?这是无价之宝,无价之宝啊⋯⋯"说毕,老人干了杯中酒。

古书的出现,让道日吉很兴奋,他尽量克制自己的情绪,对大家说:"我是这里的儿子,我深爱这茫茫沙漠,但我还没为老家做过什么贡献。现在全世界都在追求和平和发展,如果我们两国的外交继续向好发展,我就来老家安度晚年,用自己的余生,给老家做点事。我一定会回来!"

宴会进行到后半夜才散。

第二天,客人准备早早动身。佟台吉给他们敬一碗上马酒,自己也喝得酩酊大醉,用拐杖敲着地面,像个孩子似的一边呜呜大哭一边说:"你就这么走了?来都来了,怎么不多待几天?我不让道日吉走。刚一来就走,那还回来干什么?"

旗长说:"老大哥,你不能这样。道日吉肯定还会再回来的。这次是公差,不能滞留太长时间,签证会过期。我们这里的路不好走,得提前出发⋯⋯"

"不,你们说的肯定不是实话,你们合伙骗我这个老汉。道日吉,你就再住一晚,就一晚好不好⋯⋯"

客人也有些无奈地说:"台吉你平静一下,我很快就会回来。等一退休我就来这边生活。其实这次我也想多住些日子,但签证是有日期的。现在必须得走了,还得快点出发⋯⋯"说着说着,道日吉也流下了热泪。他对铁木尔黛说:"孩子,你也不小了。

台吉爷爷对你有养育之恩，你可不能忘喽！多听爷爷的话，多照顾他。要想着法子让爷爷高兴，我过段日子就回来。"

高超他们也在送别的队伍里。

必须得走了。临走时，道日吉和前来送行的乡亲一一道别，流着泪上了车。准确地说，不是他自己上的车，而是旗长抱上去的。如若不这样，道日吉说不定就真不走了。

旗长的越野车喘着粗气出发了。车轮扬起沙子，越走越快，很快到了视线之外。

台吉一个人望着越野车消失的地方久久伫立。突然刮起大风，吹得老人摇摇欲倒。他迎着风，久久地站在蒙古包外，望着远方发呆。

第 四 章

　　自从回到家的那年冬天起，圆峰驼就步入了老年生活。其实，它也没那么老，但阔别家乡一段时间再回来后，人人都说它是一峰老骆驼。它的嘴唇发白，顶鬃越来越少，头看起来大得有些不协调。它的腿脚已不再灵活，有个舒服的地方，就可以一动不动地站上半天。它经常噗叫儿声，但自己也不明白每次噗叫是为了什么。

　　到了冬天，没有人骑它，也没有人在它身上驮东西。回来的第二天，它帮旗长把陷进沙子里的越野车拉出来。拉越野车倒也不那么费力。整个冬天，它就干了这么一件事。

　　它唯一不舒服的地方，是佟台吉围下来的草场太小，走两步就能到头。它无法像往常一样朝着一个方向痛痛快快地一直走下去。牧草越来越少，它只能啃一些食之无味的柳条，或吃一些贴到地面上的牧草。就是这些东西，也得找半天。圆峰驼还没适应它的老年生活。

　　突然下了一场雪，覆盖了茫茫大地，牧草也被盖在雪下。雪地上，只有柳条还露在外面。圆峰驼经常吃不饱，身体开始缺乏营养。开春时，它的脖子变得又细又长，大腿肌肉变得松弛无弹性，高耸的两个驼峰像被野狗叼走了似的，基本不见了踪影。

它如果想在这样艰苦的环境中继续生存，只能另找活路。

开春后，圆峰驼学会了跨围栏。跨围栏也没那么难。如果围栏被沙子埋了半截，得先用头试探一下，然后直接跨过去；如果遇到松动的围栏，那得先用身体压一下，使其变得更松动，然后从上面跨过去。但更多时候，它跨不过去，也压不松那些围栏。世界上的每一寸土地都有主儿，土地的主宰者不是骆驼，而是人类。

圆峰驼学会跨围栏后，给佟台吉和铁木尔黛惹了不少麻烦。它动不动就跑出去，铁木尔黛不得不一次次去找……

那天的天气恶劣，让坐在屋里的人心不安，让走在外头的人干不成活。天上飘雪，地上飞扬沙，铁木尔黛的几头牛羊在背风的地方避风雪，怎么赶也不肯出去吃草。铁木尔黛在外面干活儿，台吉一个人在家。突然传来一阵咚咚当当声，佟台吉颤颤巍巍地走出蒙古包，看到底发生了什么事。是不是大风把蒙古包的幪毡给刮跑了？老人看到骆驼就站在门口。它的头上挂着一条破花布，尾巴上还挂着一个破烂不堪的小盆。它应该是从很远的地方跑过来的，眼睛变得像碗口那么大，跑两步就跟跄一次，根本走不稳。它希望站在主人身边，让主人摘掉它身上的那些东西。但它又怕那些东西，为了甩掉它们，圆峰驼绕着牛圈跑了两圈，然后沿着围栏中间的小路一溜小跑，很快不见了踪影。

中午，铁木尔黛回家时，老贩子也骑着马过来，到拴马桩前下了马。客人连一句问候都没有，直接往家里走，这让铁木尔黛有些奇怪。他平时一口一个"台吉"，非常尊重佟台吉；今天却拉下脸，气呼呼地说："能不能管管你们家骆驼！"

佟台吉问："骆驼，骆驼它怎么了？"

老贩子提高嗓门，喷着唾沫星子吼道："怎么了？你们都是死人吗？它今年春天一直在我们家草场吃。今天早上把所有围栏都压倒了。围栏倒没啥，解冻后可以修。关键是它追我们家的牛跑。我家的牛那么瘦，可经不起它这么折腾！"

"你也不用说这么狠。它的毛病，我们也知道。过完年，圆峰驼就有点待不住了。问题是草场不行啦，它没东西吃。它多可怜！在这个被围了里三层外三层的草场里，莫说它是一峰骆驼，就是一只羊也待不住啊。我们家的草场又小，骆驼咱们这里就这么一峰。你也平静一下，咱们都是牧民，我的苦衷你肯定也懂。网围栏我们帮着修，损失的草场我们用羊绒给你赔。我现在也愁呀。"

看到佟台吉这么和气，老贩子也横不起来了。

"我也知道。我这次来，不是为了怪罪那不会说话的牲畜。但这都是真事！你家骆驼追着牛满地跑，我家母牛怀着牛犊呢，这么一跑，还不得跑出事来呀！"

"我倒是第一次听说它还有这毛病。如果这么严重，必须得想个办法。我们这里的牛都没见过骆驼，见了骆驼还跑呢，就跟见了狮子一样。我不是给自己开脱啊，圆峰驼过来一趟又走掉了，跑没了。我也担心它，刚看见它尾巴上挂着什么东西。它是个牲畜，我能拿它怎么办？就算我狠狠教训它一顿，它也未必能改。"

"好了，该说的我都说了。如果我是来算账的，也不会说这些。我只想告诉你们有这么个事，我可没往你们家骆驼身上挂东西。早上它从我们家门口往西走了，我看到有几个孩子在逗它玩，但不确定是他们干的。可不是每个人都对骆驼这么宽容。知道它会惹是生非，上次我领着两个贩子过来的时候，你应该卖了它。"

老贩子在台吉家坐了很长时间。临走时可能觉得自己的态度有点软，于是补充道："是，的确是草场的问题。我也靠草场过日子，这都不用我多说你们也明白，草场就是宝啊！"

青巴图在接羔的季节去了一趟叔叔家。与其说是看望叔叔，不如说是去看看有没有那女孩的信。他一旦知道她在哪儿，就准备直接去找她。能安慰她的人，只有青巴图。他准备带她（估计她也愿意）逛逛浑善达克沙漠，让她看看给人带来好运的圆峰驼。如果有她下落，那该多好！

叔叔家里没有她的信。青巴图住一周就回来了。回来时，巴图贺西格这边还有一个不幸的消息在等他。

有他一封电报，电报里说去年秋天来这里的蒙古国客人道日吉已不幸遇难。在非洲草原，当地黑帮对他下了黑手。老人在去世前写了一张遗嘱，把自己的财产全部捐给了巴图贺西格，还遗憾地说没能给老家做什么贡献。他把钱寄给了青巴图和铁木尔黛，希望他们二人能够固沙治沙，降服茫茫沙漠。

这个消息在巴音塔拉炸开了锅。大家都羡慕佟台吉一夜暴富，眼巴巴地看着他怎么花掉这笔钱。青巴图和铁木尔黛的心，比谁都平静。清明刚过，巴图贺西格的人们就忙起来了。根据佟台吉的提议，青巴图和铁木尔黛围住了宝日哈珠的一百多亩地。那些天，佟台吉精气神十足。他几乎是爬着到了宝日哈珠，给两个孩子鼓气加油。他说："孩子们加油，我是不行了。除了看着你们，什么忙也帮不上。说实话，我是一步步看着宝日哈珠变成这样的。没办法，社会问题嘛！但那都是过去的事，现在宝日哈珠要有新变化啦！"老人告诉他们先从哪里开始绿化；告诉铁木尔黛的祖坟在哪里；还教他们树坑应该挖多深，树苗应该怎么栽等具体方法。看到有人要免费绿化他们家的草场，占布拉也很高兴。

那年春天，青巴图和铁木尔黛放下手中的其他工作，从日出忙到日落。他们在围好的草场里挖树坑，栽树苗。树苗是从很远的地方买来的，这些树苗全靠圆峰驼运输。栽完一组，就牵着骆驼去再驮一组来。忙了两个月，围好的一百多亩草场上就有了一排排的树苗。不知这些树苗有多少成活率。他们俩每天都跑过去看他们的树苗。直到夏天来临，他们还在坚持，如果不去看一眼，待在家里根本不放心。树苗终于长出了叶子，两个人看到自己的劳动有了回报，都打心眼儿里高兴。佟台吉也不闲着，每过几天就去一趟宝日哈珠。老人每每看到那些树木，脸上就能浮现出一丝满意的笑容。天气渐渐转暖，阳坡的榆树长出叶子时，佟台吉走到树下，捡起掉在地上的树枝，说要拿着它们到宝日哈珠去栽，还说只要老天下一场雨，他就立马去栽树。

那年春天的风特别大。自正月到六月，没下过一场雪，也没下过一场雨，干旱持续了近半年。一有风扬沙就遮天蔽日，天上的太阳也会被蒙上一层尘土。巴图贺西格的沙漠，在风的帮助下，吞噬长在它身上的几丛灌木后，一步步逼近了沙丘脚下的两户人家。佟台吉说如果现在不赶紧想法子，这两户人家在三五年之内非搬走不可。你说这事有多糟心！

到了仲夏，老天终于下了一两场小雨。宝日哈珠的树苗逐渐成活，看上去像镶嵌在金色沙漠上的绿宝石。

青巴图想赶在秋天打草之前去一趟额勒顺旗。他想扩大人工造林的面积，同时混种树、灌木和牧草。他去旗林业局，想用道日吉的捐款购置几台电水泵和一些耐干旱的树苗。旗里听完青巴图汇报，直接说可以资助，还说他们帮着联系树苗，同时资助青巴图绿化所需的其他物资。林业局工作人员说手里没有现成的东西，但能在一个月内配齐。旗里的态度让青巴图十分开心，他顺道去了一趟叔叔家。青巴图在那里住些日子，林业局的配套设施也就能基本到齐。

在叔叔家，还有一件开心的事等着他。呈德来了一封信。

信上只有寥寥几行字。说她失去母亲后，痛苦万分；离家出走后，像个孤岛般到处漂泊；在一所乡村小学里当了音乐老师；孩子的单纯让她安心；每次看到骆驼的照片内心就会被治愈。信里没有叫青巴图过来，字里行间里也没有那个意思，但清清楚楚地留下了她的地址。

青巴图即刻启程，坐上了东去的列车。

火车走一天就到地方了。这次找呈德的过程也简单。在高耸的山脚下有三排土坯房，那是一所学校。那里山水环抱，景色怡人。学校里有一百多名学生。青巴图走进校园时，正赶上午休。透过一排排树木，能隐约看到校舍的窗子，大老远就能听到孩子们的嬉闹声。

青巴图和呈德相遇在小树林里。她穿了一身浅色的衣服，剪掉了以前的长发。白皙的脸颊下，同样白皙细长的脖子格外显眼。她正背靠着大树读书，没察觉到正在慢慢靠近的青巴图。

青巴图走到她跟前，呈德才惊讶地瞪大了眼睛。她一时语塞，不知说什么。她比上次瘦了一些，眼睛看起来也更大更有神了。她轻声打一下招呼，眼里满是惊喜，脚步也变得轻快。

青巴图进了她的单身宿舍，觉得什么都新鲜，呈德则蹦蹦跳跳地哼起了歌。

"这里离车站很远，你是一路跑过来的吗？"

"对，就那样一直不停地跑。"

呈德把一杯热茶放到他面前时，青巴图又瞄了她一眼。他发现呈德的脸在微微泛红，眼神游移闪躲，眉毛也微微挑了一下。

"喝茶。累坏了吧。"

"倒没觉得累，没一会儿就到了。这里可真美，来到这里，就忘记了路途的疲惫。"

晚上，他们促膝长谈，慢慢回忆从相识至今的种种经历。

"看到你的信，我就过来了。现在我不在叔叔家住，跟妈妈和几个弟弟一起住。那边有很多事要做。"

"妈妈去世后，甫提我有多难过。我等你等得也很辛苦……当时，我需要一个亲人。后来我就离开了那个让我伤心欲绝的地方。每次灰心失望，我就拿出这张照片看。原野上孤独的骆驼总能给我好心情。你给我的好印象，和这峰骆驼有很大的关系。"

"为什么过了一年才写信？我等了你整整一年。"

"我知道你在等我。我不敢给你写信，想了很久才决定写给你。我有时甚至想，干脆就不要写信，彻彻底底地忘记这件事。是那张照片，鼓励我拿起笔给你写信。看到这张照片上的骆驼，我就不再固执。我心里一直有你，但希望你好好复习，考上理想的大学，希望你前程似锦。话说，你怎么没参加高考？"

"参加了也考不上。但是我没有完全放弃学业，抽空复习呢。过两年上大学也不晚。现在我的理想在浑善达克沙漠，那里需要我，我愿意把我的青春都献给它。我相信我不会白忙一场。提到沙漠，很多人都会摇头。但对我而言，那是我梦中的家乡，我离不开那里……"

青巴图一股脑说完心里话，在宿舍里来回踱步。青巴图说话时，呈德目不转睛地看着他，脸上没有任何表情。等青巴图说完，她接着说："好多事，我现在不想多想。我以为你肯定考上了大学。我梦见你走进了大学的校园，但实际情况和我想的不一样。我得再考虑一下，我以前没往这方面想。妈妈健在的时候，我跟她提及过你。妈妈祝福你，也祝福咱俩！她希望咱俩幸福……"

呈德说着这些，开始抽泣。他们聊到很晚才休息。因为学校没有备用的被褥，两个人只能挤在呈德的单人床上。对于渐渐彼此了解的两个人来说，这样有限的条件反而能增加他们的幸福指数。青巴图累了一天，躺下便进入了梦乡。

第二天，青巴图在山林里转了一天，次日便动身回家。呈德把他送出很远才回去。呈德说一定要去浑善达克沙漠，去看看那峰骆驼。临别时，她呜呜大哭。青巴图一步一回头，依依不舍地离开了山村。他明白，自己爱上了这位姑娘，但他也只住了一天。现在他的心里全是浑善达克沙漠，那里更需要他。秋天的树叶一落，他的工作就接踵而来，一直干到大地封冻为止。他和呈德约定，在冬天去找呈德。他最好早点去，她现在最需要亲人的陪伴。青巴图也知道，现在他是她最亲密、最值得依赖的人。在路上，他又怪自己草草地离开了呈德执教的山村。

一天后，他到达额勒顺旗，继续往下走。

打草工作刚结束，青巴图在旗预定的东西就来了。林业水利局的领导果然说到做到，带着一大卡车东西，来到巴图贺西格。那是开进巴图贺西格沙地的第二辆汽车。沙漠里的人，只见过从他们头顶飞过的飞机，汽车对他们而言绝对是个稀罕物。附近的牧民有的专门过来看给青巴图送东西的汽车。

旗里来了包括司机在内的三个人。青巴图把旗里来的人请到台吉家简单招待一下。司机连连摇头说："你们这里根本进不来汽车啊。"喝过茶，林业局的两位干部就开始卸车。这次他们带来了几万棵树苗、一大袋子草籽和几台抽水泵。佟台吉听说这些东西全部为免费赠送后，高兴得硬拉住旗里的干部，让他们明天再走，中午杀一只绵羊招待他们。

旗里的两名干部在青巴图的带领下来到了宝日哈珠。他们想看看青巴图的绿化成果，还说要拍几张照片带回去。他们在人造林里转了很久，一边走一边连连夸青巴图有超前意识。树苗的成活率非常高，仅一年时间就长成了成人那么高。他们拿出照相机，对准树苗按下了快门。

回去的路上，他们对青巴图说："绿化得好啊。没想到在这干旱之年树苗的成活率竟然这么高，你们保护得也好。就是范围有点小啊，还得扩大才行。可以想办法继续租赁沙地，租金问题我们回去再研究研究。牧民的日子离不开草地。如果他们的承包草场上能长树，那是他们的福气。我们再从他们手里租赁一些草场。但不能损害他们的利益，必须把租金给到位。嗯，就这样，你要扩大绿化规模，旗里支持你。能不能保护好你的绿化成果，就看你啦。你们这儿是骆驼多吗？为什么人造林里都是骆驼的脚印？"

青巴图只好如实相告："我们这里只有一峰骆驼。"

"只有一峰倒也无妨。它吃不了多少东西。"

第 五 章

冬天来了。

安静了几天后，突然刮起风，地上又开始飞沙走石，天上乌云密布，就是不下雪。天气一天比一天冷，没多久，地就冻得结结实实。结了冰的水再也没有融化。冬天真的来了。

又到了圆峰驼最舒服的时候。在冬天里，它不会无精打采睡意沉沉，也不会一直冒汗。它的反应越来越快，想朝着一个方向一直走下去。但这已经不可能实现了，草场上到处都是网围栏，而且现在的网围栏比以前更高也更加坚固，能允许它自由活动的地方，只有巴掌那么大。现在巴图贺西格的草场被一分为二，那边栽了树木。让它流口水的食物都在那边，圆峰驼除了咽着口水遥望，没有任何小法。天气越来越干冷，让它有些不舒服。直到初春，它还盼着下一场雪。这峰生活在温带草原的骆驼不明白，为什么现在的冬天变得这么短。还没来得及好好感受，就到了让它打不起精神的春天。它为填饱肚子去找草吃时，人类经常驱赶它。那年春天，圆峰驼和它的同类双峰驼，成了国家级保护动物。从此以后，它受法律保护，不会有人贩卖，不会有人杀了吃肉，主人也可以免缴畜牧税。用佟台吉的话说就是，国家给了它自由……

一过完年，天气突然开始转暖。整个冬天都干燥无雪，春天的风肯定小不了。青巴图想在春季绿化开始前去见见呈德。如果能，他还想在呈德那里多待些日子。

这次青巴图在呈德的学校待了近一个月，时间还算宽松。青巴图走了三天到学校时，呈德出来迎接。她比上次热情多了，看来分别的这些天她也非常想念他。

学校刚刚开学。呈德白天忙着讲课，到了晚上才有时间畅聊。白天青巴图一个人闲待着也无聊。从第二天起，青巴图就给食堂厨师打下手。有一天，他看到学校厨房里的柴火已不多，就问厨师学校平时怎么解决柴火问题。厨师说柴火都是学生利用假期从山上背下来的，有时附近的牧民也会拉几车柴火给学校。现在是牧民最忙的时候，他们无暇顾及这些。

自打来学校的那天起，青巴图就想为学校做点什么。他立即和厨师商量，从次日起上山背柴。

山上有很多木柴，还有不少干牛粪。天气不好，青巴图就在山上捡牛粪，把它们堆放在一起；天气好，他就把捡好的柴火背下来。如果不耽误，一天能来回走十趟。虽然上床时会筋疲力尽，但这份工作使他快乐。有一天，他坐在山顶上俯视这所山村学校，觉得应该写点什么。这是一所风光秀丽的学校。如果在浑善达克沙漠里有这么一所学校该多好！当时的巴音塔拉小学和这所学校差不多。它的突然消失，给包括青巴图在内的很多人留下了无尽的遗憾。也正是因为这个原因，他才被迫离开了浑善达克，离开了他的母亲。他高中毕业回来，发现自己能为家乡做很多事。

他拿出纸和笔，把学校勤俭办学情况和教学情况写成一则消息，寄给了盟报社。

盟报社在十天后刊登了这则消息。

有一天，一个满头白发、步伐矫健的老人来找他。青巴图知道，他就是这所山村学校的校长。校长拿出报纸，指着那则消息说："这是你写的吧？"

青巴图点点头，回答道："是的。"

老人高兴地拍拍青巴图的肩膀说："有文化的人，就是不一样。让我们学校上报纸了。你所写的呀，都是我的心里话……"

他临走时说："我们再找个时间好好谈谈。"

呈德从青巴图手里抢过报纸，开始大声地朗读。

消息一字不落地登在报纸上。青巴图很高兴自己第一次写文章就说出了心里话，还把它登在报纸上。他喜欢像校长这样在乡村一线默默奋斗的教育工作者。晚上青巴图跟呈德聊起老校长。呈德说老校长名叫萨姆登，在解放前就办私塾教书。她还说他对学生爱护有加，也把她当自己的女儿，无微不至地关心她。

又到了青巴图告别的日子。天气渐渐转暖，大地已解冻。他急着回去，也想把呈德带回去，好让她看看故乡的沙漠，给她看看自己的人造林，给她看看那峰骆驼；把她带到妈妈面前，让妈妈看看这位眉清目秀的准儿媳。

这些天来，青巴图给学校准备了一大堆柴火。学校里的师生、厨师都对此举赞不绝口，青巴图也很受鼓舞。临别的前一天，老校长找他聊了很长时间。他给青巴图讲自己几次建校、投身教育事业的经历。青巴图知道，老校长把他当知己才说这些。

学校给青巴图举办了一场简单而意义非凡的欢送晚宴。

晚宴就在学校食堂前面那几棵老榆树下举行。天气和煦，夜空辽阔，一轮圆月挂在天空。大家在几棵榆树中间拼了几张桌子，上面摆了几瓶酒和几样水果。

首先，老校长站起来讲了几句话。他说举办欢送宴的目的，是为了与青巴图道别。是他把学校的事迹写出来，登在报纸上，让更多的人了解了这所地处偏僻的山村学校。大家纷纷起身向青巴图致谢。老校长说，打心眼儿里不愿意让青巴图回去，希望他能留下来当老师。

青巴图说："这事得容我慢慢考虑。现在我没有时间想这些。我想先把那边的事干出个名堂来。抱歉，山村学校的未来就靠你们了。"

"你什么时候再过来？"

"今年五月份我得去一趟东部。我想从那里进一些经济价值更高的果树苗。到时候路过这里，可以过来待几天。"

呈德一直看着他不说话。在皎洁的月光下，她的眼神里充满了希望。

老校长说："那就约定五月再见。我有一个想法，下次你来，就让你和呈德把证领了，在这儿举行个简单的婚礼。你下次来，得有点思想准备。这事本来由你们提出才对，我先提出来了。我心里想什么，大概你们都知道。就算结了婚，青巴图你也不能把咱们的呈德带走。你要那样，全校都起来反对你！"老校长幽默风趣的讲话，把大家都逗乐了。

一位男老师站起来说："那今天的欢送宴，也成了青巴图和呈德的订婚宴是吧？我提议，大家举起杯，一起来喝杯订婚酒！"

那天晚上温暖又安静。在春天，这样的夜晚并不多见。发生在人间的这场欢送宴温馨而热闹，老天也会被这种氛围感动吧。只有人与人之间真挚的情感动苍天，夜空中才有闪闪的繁星，乳白色的月亮才会挂在夜幕上，陶醉地欣赏大家的热情。

安静。呈德默不作声地看着月亮。微微的月光，照着她的脸庞，她的嘴角挂着微笑，娇艳欲滴。她轻轻地依偎着情人，片刻的幸福陶醉了姑娘的心，让她暂时忘记了明日的分别。

老师们看到这番美景也格外激动，每个人的脸上都写满了愉悦和兴奋。多么美好的夜晚！多么令人如痴如醉的夜晚！

老校长突然想起了什么，在一位年轻老师的耳边说了几句话。那位老师站起来说："好，大家先安静一下。我们请青巴图和呈德给大家合唱一首歌。你俩站起来吧。"大家纷纷起哄，还说必须唱一首跟月亮有关的歌才可以。

几位老师要求他们赶紧唱。

呈德羞羞答答地站了起来。青巴图也站起来说："我们还是各唱各的吧。"

还有人提出了更高的要求："不行不行。哪儿能这样？必须手牵手，看着对方唱。"

参加宴会的老师们已有了几分醉意，青巴图也喝了几杯。他壮着胆握住呈德的手时，呈德害羞地低下了头。

"好，开始！"

"再靠近点，抬头看着对方唱……"

总算唱完了。两个人的歌声虽然不怎么和谐，但终归还是完成了任务。

老校长兴奋得像个孩子，不停地鼓掌加油。他说："你俩真是唱到了我的心坎里。"

"既然让人家唱了一首，咱们也得来一首呀。你们也唱吧，今天好好热闹一下。自从建校以来，还从未这么开心过。年轻人应该少喝酒多热闹。可不能误了明天的课！"老校长说完，又提了一杯。

老师们开始表演节目。一位女老师（她喝醉了）说要朗诵一首诗给她远方的爱人。谁都不知道她的家离这里有多远，但她还是声情并茂地朗诵，希望远方的爱人听得到。在月光下，每个人都能看到她眼中深深的思念和淡淡的忧伤。思念和忧伤在朗诵中化成泪水，在她的脸庞上流淌。

呈德为人敏感，开始跟着那位老师抽泣。坐在她身边的两位老师安慰她说："如果有小孩哭，给他一枚糖果就行。不知大人哭了应该怎么哄。"

另一个老师说："大人哭了也得拿糖果哄。但并不是什么样的糖果都管用，是吧？青巴图。"

呈德被逗乐了。她投进青巴图的怀抱里撒娇，就好像这个美好的夜晚只属于她一个人。

后来，宴会的节目形式变得更加丰富。有人拿着酒杯在月光里朗诵；有人带来马头琴演奏助兴；有人在半醉半醒间跟跟跄跄地跳舞。

天上的月亮，也在静静地欣赏他们的表演。

歌还在继续，诗还在继续，月亮还在欣赏。谁也不知道那天的宴会进行了多长时间。

不知不觉就到了青巴图该动身的时候。

现在已是次日清晨。今日有风。

青巴图回去拿上包，过来与各位老师道别。他们都不想让青巴图走。

呈德把青巴图送出校园。她紧紧地挽着青巴图的手，走在林间小路上。

"昨天校长也说了，我看你也点头同意。我想赶紧把婚结了，不知你是怎么想的？"

"我觉得有点突然。但仔细想想，你说得没错。"

"五月份你肯定来吗？"

"肯定，到时候你多请几天假，咱们把婚礼办了。我平时就待在这儿，不过肯定三天两头回一趟浑善达克那边。"

"我等你。我自己也努力。"

他们穿过树林，走在乡间小路上。呈德送出了很远。

青巴图温柔地说："你该回去了。"

她说她想五月到来之前就见到他。

"回去吧！"

"行，我可受不了这么长时间的分别。我再也不离开你了……"

临别时，呈德哭了。她紧紧地抱住青巴图哇哇大哭，哭够了拼命地往回跑。

她没有回头，直到消失在远方。

别了，就这样走了。没有人会想得到，这是他们的最后一次见面。

青巴图乘坐火车，当天晚上到了额勒顺旗。

旗里有好多事等着他。他首先去林业局，咨询拨款的事。林业局的态度来了个一百八十度的大转变。原来，之前负责这件事的两名干部已调走，来了个新领导。

他听完青巴图的介绍，险些笑出声来。

"钱？我哪儿有那么多钱？现在我们连职工的工资都发不出来了。什么沙啊土的，不自己治理还靠谁？再说，那地方又不是因为我们才沙化的。我们旗里哪儿哪儿都是沙漠，不光是你们那儿。年轻人，你得看得全面点，知道什么是全面吧？没事就回去吧！"

青巴图指着那位领导的鼻子骂道："这事有你没你都能干！我不是来找你个人的。你也好好想想，林业局到底是干什么的？"

青巴图就这样两手空空地回到了巴图贺西格……

最近，骆驼成了宝贝。关于骆驼的会议，在北京开了一次又一次，最后把骆驼定义为受法律保护的动物，它被允许在大千世界里自由行走……但国家赋予的这些好处，圆峰驼一天都没享受。此刻，它正饥肠辘辘地徘徊在佟台吉家的院子里。

大地解冻后，主人忙别的事，无暇顾及它，给了圆峰驼可乘之机。风力越来越大。晚上冻住的沙子，第二天化冻后，形成扬沙满天飞。骆驼知道，移动的沙丘把大部分网围栏埋了半截。

圆峰驼好久都没吃到榆树条。现在它想起榆树条就流口水，榆树条的异香从远处传来，油滑的香味开始刺激它的味蕾。吃榆树条是一种享受。它决定现在就出去找榆树条。

那天风声大作，扬沙漫天，草地上也没什么牧人。圆峰驼首先找一个被沙子埋了半截的围栏跨过去，再用同样的方法跨过好几道围栏，最后找到了让它满意的草场。但那里没有榆树条，只有被牛啃剩下的油蒿。油蒿也不错，它开始大口大口地吃，直到天黑后才吃饱。

圆峰驼吃撑后，继续往前走。几头牛站在沙窝子里避风。牛见了它就躲着走。牛群扬起的尘土激发了骆驼的玩性。它的眼睛一亮，四肢都充满了神奇的力量；它的顶鬃在飘扬，它的耳朵已竖起。它追着牛奔跑，使出全身的力气，追逐着眼前的玩物。它的前面跑着至少十头牛，但眼前都是尘土，根本看不清。牛儿拼命向前，希望甩掉身后的骆驼。

圆峰驼穿过几个沙窝子，绕过几道沙梁后，身子热起来了。它想穿过眼前的尘土，努力奔向前。它又惹祸了。它的脚下被什么东西绊了一下，又把一个什么东西压在身下，摔倒了。

牛的主人巴然正在和他的几个儿子打牌。巴然的肚子突然拧着疼，放下手中的牌便跑出来屙屎。他走到牛圈北边，看到眼前扬起了尘土。一个大东西正在追着他家的牛群。巴然惊叫一声，立马进屋喊人。他的几个儿子知道事情不妙，也不问缘由，手里拿着家伙跑了出来。他们对着圆峰驼就是一顿毒打，险些要了它的命。

圆峰驼的左腿上被划了一道一尺长的口子。尖尖的利器扎进去时，它发出了一声撕心裂肺的嗥叫。它腿上的筋已被他们切断，伤口在汩汩地冒血。圆峰驼一瘸一拐地走了一夜，第二天才到家。

台吉看到这般情形，抱着骆驼一边哭一边伤心地吼道："啊，我的圆峰驼！我的骆驼！是什么人这样暗中下毒手？老天啊，您看到了吗？您救救我的骆驼吧！换我下地狱吧。我的骆驼啊，我的骆驼！"铁木尔黛听了不知所措。青巴图气不过，就叫上铁木尔黛，说："走！咱俩去看看这到底是谁干的，一定是巴然他们下的毒手。咱们去找他们评评理！"说毕，循着一路血迹来到了巴然家。

那天在巴然家门口爆发了一场"大战"。巴然家的几个儿子根本不讲理,直接开始动手打人。这次斗殴中,双方均有人受伤。巴然当天报了案,第二天就有警车过来,带走了青巴图。看到警车,青巴图起先还有些奇怪,后来就明白了是怎么回事。他被逼无奈,把两名公安都打倒在地。青巴图被抓走时,宝茹金抱住公安人员的腿,声嘶力竭地喊着:"还我儿子,还我儿子!"

青巴图被带走了。台吉非常后悔因为自己的一时冲动,害青巴图坐牢。他用几天时间写了一封诉状,通过苏木邮电局寄给了旗里。这封诉状能不能帮青巴图一把?他自己也不知道。

那年春天,老人和铁木尔黛放下手中所有的工作,细心照顾已奄奄一息的骆驼。老人几乎一辈子都和骆驼在一起,有救治多峰骆驼的经验,所以也没请兽医,自己动手给圆峰驼治疗伤口。

有一天,老贩子来他们家串门。他一边不急不忙地喝着奶茶,一边打量着老人的脸色说:"老兄,把骆驼卖了吧!"

"什么?"老人惊讶地问道。

"你那峰骆驼,就快死了。现在天气越来越热,它撑不了多久。你家骆驼霸占了我家草场好几年。他追赶我家牛犊,没让我们安生过。我是在替你们俩想,才过来跟你说这些。你们也不容易。让死骆驼活过来的唯一方法,是开个价把它卖掉。我也不亏待你们,按整张骆驼皮给你算钱。至于驼肉嘛,现在天热,孩子们谁爱吃就分给谁!"

老人沉默了一阵子,说:"达林泰,你也是个明事理的人啊,你都是好几个孩子的父亲了,怎么还说得出这种话?你们家日子过得不赖呀,不至于老盯着这峰骆驼。再说,我家的骆驼还没死呢，它也不会死。它肯定能活过来，我有办法救它的命。就这样吧，如果你想吃肉，就到别处去，我这里没肉给你吃。"

老贩子走后，前后又来了两个人。他们都问老人卖不卖骆驼。老人不忍心赚这份钱，吃这块肉。在一个一辈子与驼为伍的人面前提及吃驼肉，那和提及吃人肉有什么区别？

圆峰驼的伤势很重。它的伤口流了几天血，腿部肿得老高。它有一个多月不能动弹，瘦到了极点。下雨长出牧草后，骆驼的伤势开始渐渐好转，但因为腿部肌腱被砍断了几根，它成了永远的跛子。

那年的风特别大。从清明到夏至，整整刮了九十天。天天有扬沙，几乎没有过大晴天。台吉常常望着天空叹息一声，摇着头说："我活了八十岁，从没见过这么大的风。"大风的助威下，流沙像没了笼头的骏马，肆意游移。圆峰驼还无法动弹，得有人帮忙两天挪一次地方。如果不及时挪地方，从身后飞来的流沙都能盖到它尾巴那里。

人畜皆疲惫的春天，一直持续到了七月。现在冷风突然变成热风，把湖水都吹干了。到了仲夏，地上还没长出牧草。住在浑善达克的人们艰难度日时，我国的滨海城市也遭到了沙尘暴的袭击。上海连着三天有扬沙，有人伤亡。沙尘暴也袭击了北京、天津、南京甚至远洋诸岛。城市里的白天暗得像黑夜，交通事故时有发生；洁白的楼宇被蒙上了一层扬沙；呼吸道疾病持续增多，医生开始手忙脚乱。

这期间，一位中央来的领导到浑善达克沙漠调研。自治区和盟里的领导陪同视察。他们在浑善达克沙漠调研了两天。开会时，旗里给领导汇报工作。

"我旗从七十年代起就制定固沙治沙规划，建了多个治沙点。每年五月，全旗干部职工都参加植树，林业工人下基层治沙。我旗当前以发展经济为主，治理沙漠为辅，准备在五年之内治理好全旗境内的沙漠……"

中央来的领导没有赞许。

他说："制定计划不是关键。首先得加快体制改革，加强管理，转变作风。在这个基础上才能制定计划。你们说得不准啊。五年之内，能有那么大变化吗？新中国成立都多少个五年了，我怎么看不出这一带沙漠有啥变化？这里的生态毫无生机，牧民的日子还是那么艰难。你们统计的牧民收入，到底准不准？"

自治区相关领导也狠狠批评了旗领导。说自治区给拨了那么多专项经费，你们都用来买越野车，买了越野车还待在城里，根本不深入基层！

中央来的领导视察浑善达克沙漠的报道，通过报刊、电台、电视等媒体传入了浑善达克牧民的耳朵里。佟台吉乐得合不拢嘴，逢人就说："老天爷看到我们家乡啦！"

烈日炎炎，照得沙漠就要冒烟起火。在通往巴图贺西格的小路上，走来一个人。他背着包，直接来到佟台吉家。佟台吉从蒙古包里看到有一个人过来没当回事，也没有出去迎接。那人把背包放在门口，整理衣装后，走进蒙古包，向老人问好。

老人坐起来说道："我刚才看到有人过来，也犯懒没动。今天真热呀。你是路人吧？估计渴坏了，喝一杯凉茶吧。不过得自己动手倒茶。"

那人笑着点点头说："谢谢老人家，我自己来吧。天真的很热，最近没下雨吗？"他的语速很快，如果再快一点，老人就听不清了。

"今年自开春以来这里就没下过雨。人和牲畜可怜，家乡更可怜。你们那儿也这样吗？你是从东部来的吧？"

那人说："是，我是从东部来的，东部的日本。我是专门来看您的。"说毕，他拿出很多证件给老人看。证件上的文字，有些老人认识，也有些他不认识。

佟台吉见他是一位外国客人，就坐起来给他倒了一碗带黄油渣的奶茶。那人接过奶茶，一边擦汗一边不好意思地说："给您添麻烦了，应该我自己来才对。我要在你们这里待很久，如果可能，我愿意在这里度过后半生。以前我是一位教地理和自然的老师。四十多年里，我都在宣传如何保护自然。三年前，我开始在内蒙古大学学习蒙古语。我是日本的共产党员，与我有共同理想的党员派我过来的。我这次来，准备帮助你们固沙治沙。我来出资购置树苗和相关机械，但需要你们和我一起行动……"

佟台吉紧紧握住他的手说："我代表我们这里的牧民，欢迎您。我们愿意和您一起固沙治沙。"

日本客人一边喝奶茶，一边说："岛国的天气也在一年比一年恶化。我作为一名共产党员，无法不为未来着想。我们那里，可以说是寸土寸金，大家的保护意识非常强。但在工业化模式下，还有利益熏心的人在破坏环境。近年来全球气温持续变暖，日本也越来越热，甚至还发生过致人死亡的事件。去年春天，浑善达克的扬沙在日本形成了沙尘暴，好多濒临灭绝的珍贵动植物从此消失。我这次专程到这里来，是为了找那两位绿化治沙的年轻人！"

老人好奇地问道："您是一个有真知远见的人。您从哪里听说有两个小伙子在搞绿化？"

"去年贵国的报纸报道过。我们的人造卫星也能收集这方面的消息。"

"你们的消息真灵通。以前，美国人登月，给我们这里带来了不小的波动。当时我们都在夜里开会，说会议内容不能让美国人知道，弄得胆小的人晚上连家门都不敢出！"

日本人听后哈哈大笑着说："现在的月球不是美国一家的，它属于全人类，地球上的动植物一同拥有它。"

晚上，激动的佟台吉把他珍藏的古书拿给日本人看。日本人逐页翻阅后连连称赞说："好东西，好宝贝！"

老人问："这书值多少钱？"

"这不好估计。但从这本书可以看得出，您的父辈是一群了不起的人，这是一本古书啊！虽然记录的只是你们家族的事，但也蕴含着整个部族的历史。原来你们很早就有保护自然的传统。这书里记载了很多种恢复自然生态的做法，照着做，一定可以让这里恢复到沙漠化之前的样子，也就是一千多年前的样子。这本书，您老人家要好好珍藏，它对后人非常有用。"

佟台吉听了日本人对古书的评价，愣在那里说不出话来。

几天后，佟台吉邀请日本人参加祭敖包仪式。那天聚集了很多人，天也下起了雨。日本人看了台吉的祭敖包仪式，深感佩服。

第 六 章

一个学期就要结束了。

青巴图没有来。

呈德天天盼着青巴图。她爬上山顶,一待就是一天。她已等得心灰意冷。老校长以一位长辈的身份开导她,她就能想开一些。

但没过多久,老校长自己也遭遇了厄运。有一天,上面来通知说要解散学校。上级不批准这样的民办学校,准备把学生都送到旗里读书。知情人说这是因为旗里的重点学校出现了生源不足、教师剩余等一系列问题的缘故。

这所风光秀丽的山村学校突然失去了往日的热闹。没过几天,校园里就变得空空荡荡。

老校长难过至极,对即将各奔前程的老师们说:"我这一辈子建了三所学校,都是这样的结局。我为啥要办学,我想你们都清楚,就是为了方便偏僻牧区的学生,方便学生家长。我们学校里也有几个家庭条件很不好的孩子,我还在,就能让他们继续读书。他们哪儿有钱去城里读书?大家把不识字的人称之为文盲,另一方面花钱办脱盲证的事时有发生，这意味着什么？我经历了民国，也生活在新中国。无论在哪个时期，我都办过学。如果哪天得到允许，我可能还会继续办学，或许再也办不起来了。你们马上就要各奔东西了，我没有任何让你们留下来的理由。不管等待你们的是什么样的工作岗位，希望你们都积极地撒下文化的种子。好了，我要说的就是这些。我还能说什么呢？在这里工作时，你们每个人都很努力。我相信，你们不会白白付出！"

老师们都走了。

呈德也走了。她三步一回头，脸上流着泪。她舍不得这所学校，也舍不得她的学生和这位老校长。没有人知道她临走时心里想了些什么，也没有人知道她去了哪里。

秋天，青巴图被刑满释放。他出狱后的第一件事，是来学校找呈德。校园里空无一人，就像一场大风瞬间卷走了这里的所有。

青巴图回巴图贺西格时，天又刮起了风。虽然还不到草木发黄的季节，但这里已是一片惨白。只有他去年栽的树苗，还呈现出一丝绿意，给他一点希望。他没有急着回家，而是先来到宝日哈珠，看看他栽的树。今年干旱，树苗长势不佳，还有牛羊啃食和踩坏的痕迹。当然，这牛羊不可能是别人家的。他难过地想，我继父就是这么一个人，又怪铁木尔黛没有看护好树苗。

母亲热情地欢迎他回来。佟台吉也很热情，铁木尔黛和他的几个弟弟也很开心哥哥被提前释放。在巴音塔拉没几个人理解他。青巴图回来后，很多人背着他阴阳怪气地说："听说那个蹲大牢的被释放了。"

青巴图刚进来，佟台吉就告诉他，前几天来了一个日本人。

青巴图没能见他一面，觉得有点遗憾。日本人在巴图贺西格调查了近十天，回国了。临走时，给青巴图留下了两样东西：一笔不小的资金和一封信。

信里写道：

希望我的共事者青巴图早日重获自由。你不在时，我在巴图贺西格待了十来天，也看了你的工作成绩。你栽的树，给了我很多启发。我是一名共产党员。无论是在经济复苏的日本，还是世界的任何一个角落，我们共产党人都任重而道远。日本共产党人召开全国大会，把工作重点从政治转移到了环保事业。所以我被派来浑善达克调研。我不只为你们当地人做贡献，也是为了日本人的未来。我本想一过来就开展工作，但时机还不成熟。我还会再来。等有一天时机成熟，我们就可以引进日本人研发的固沙治沙植物，也可以把我们的灌溉技术传授给你们，这样就能大大地节省劳动成本。

有两件事让我头疼，或许它也会阻碍我们的合作。即，牧民愿意把草场租给我们吗？把草场租给我们，他们靠什么谋生？我们给他们安排什么工作？我想，如果有你们当地的支持，这件事准能成。好了，就此搁笔。请等着我……

那年秋天，巴图贺西格的草场情况很不乐观。夏天无雨，柳条和好多牧草都没长。长出的一些，早已被牛羊啃光，根本轮不到骆驼。圆峰驼为填饱肚子，不停地啃食手指粗的柳条，也找一些毛发般细小的牧草吃。它的门牙早已松动，啃半天也吃不到什么东西。这一年，它已二十几岁。硕大的头部和四条腿还能证明它是一峰骆驼，但一对驼峰早已消失，身子也没有了往日威风，徒有皮囊和骨骼。自从牧草减少后，它的干瘪的肚子和肋条变得异常明显，看了叫人心疼。

老天突然下了一场大雪，能吃的东西就更少了。佟台吉每天给它一些吃的，但它从未吃过别人喂的草，吃进去了心里不是滋味。

寒冷如期而至，大地一片白茫茫。骆驼饥饿难耐，迎着风凄惨地嗥叫。它的主人把这一切都看在眼里，逢人便问："你们家有放骆驼的草场吗？"大多数人的回答是："现在哪儿有多余草场？再说你那圆峰驼都老糊涂了，见着牛就拼命追赶。如果它从草场里跑出去，追赶别人家的牛，还不得给我惹事吗？"

现在已经没有什么草场了，有网围栏的草场也没有了。但骆驼不知道这些，有一天拖着它的一条腿，又去找草吃。这次出去倒没费力气。好多地方的网围栏被积雪埋了半截，有些地方不用闯也能直接过去。为了能找到草场，圆峰驼穿过好几家的草场，走出了很远。巴然家对别人家的牲畜特能下狠手，但对自家的牲畜则偏袒无度。今年他们家的草场不错。圆峰驼大口大口地吃被雪积压的油蒿尖，很快就吃饱了。它拖着跛脚又开始追赶草场上的那几头牛。和牛嬉戏，是多么快乐的事。它喜欢听自己的四个蹄子敲击地面的声音，也喜欢看跑在前面的牛都被吓破胆的样子。那多惬意……

午后，巴然气势汹汹地去找台吉。他对着台吉就是破口大骂。上次占了便宜，这次他就有了前所未有的底气。看铁木尔黛进来，狠狠地给了他一巴掌，打得铁木尔黛两眼冒金星。巴然的四个儿子在门外，铁木尔黛不敢还手。巴然接着又是一番辱骂，最后恶狠狠地说："你家骆驼要是再敢进我家草场，就别怪我打断它的腿！"

青巴图因为上次的诉讼去苏木办一些事。晚上回来后，台吉声泪俱下地给他复述了午后发生的事，绝望地问道："我们应该怎么办？今天高超过来说，他也没有一点法子。我们拿圆峰驼怎么办？"

青巴图沉默了一阵，说："我得去一趟边境城市二连浩特。不然，只要有我在，他们就不敢拿咱家的骆驼怎么样。但这次我可能要去那边待几天。这期间你们要看好骆驼。他们那帮人，说不定还会来欺负你们！"

台吉长长地叹口气，沉默了一阵，难过地说："可怜的骆驼，我们的家乡，已经容不下这么一峰骆驼了。接下来可能有一场考验在等着圆峰驼。我放了四十年骆驼。我能判断哪峰骆驼身体不舒服，哪峰骆驼害了病，哪峰骆驼因为水土不服而准备离群出走等迹象；也能判断母驼的下羔日期；通过夏天的雨秋天的风判断出驼群去哪里度过冬天和春天。骆驼很聪明，它能根据天气变化选择草场。所以我去找骆驼，没有空手而归的时候。我放了四十年骆驼，也见过令我爱不释手的骆驼。你们不知道，驼群的生活也不是那么风平浪静。母驼会突然丢下驼羔暴毙，驼羔就守着母亲的尸体一声声哀嗥；但驼羔死了更麻烦，母驼整个春夏都发出哀嗥，如果不及时分散它的心，也会因为过度伤心而死去。骆驼是个有灵气的牲畜，我爱骆驼，尤其爱我这峰圆峰驼。它陪了我二十几年。我原想让它好好享受，但我错了。我没想到草场会变成这样。现在圆峰驼在这里待不下去了，它想找驼群，总自己待着也太孤单了。我错了，我准备把它送回老家。那里的草场宽敞，也有驼群，就让圆峰驼在那里安享晚年吧！"

两位年轻人也觉得老人的话在理。青巴图说："二连浩特的额布查克家离这里有多远？我把骆驼送过去。反正我也得去二连浩特办事。前几天刚下了一场大雪，去边境城市二连浩特的公路不通，我骑着骆驼去正好。"

台吉告诉青巴图，从这里骑着骆驼缓慢前行，到额布查克家也超不过五天；他还告诉青巴图沿途会遇到哪些人家，从额布查克家还能看到二连浩特市的灯光等。送走圆峰驼的前夜，佟台吉几乎没合眼。他拿出一块近乎全新的驼鞍，自言自语道："套着旧鞍子让它回吗？真够难看的。如果有新鞍子就好了。"他一边说着一边拿来笼头，准备在笼头上加一块红色的缨子，却发现自己不会针线活。他抱怨自己的眼睛不争气。

天已大亮，太阳升起来了。

老人喝完早茶，叫孩子们把圆峰驼牵到门口，亲自给它套上了鞍子。他卸下骆驼的旧笼头，给换了新的。他退后几步仔细端详，似乎还有些不满意，对铁木尔黛说："孩子，你去把柜子里的新哈达拿过来。我就说嘛，好像忘了什么似的，得给它挂上哈达，有哈达，它就自由啦！"

铁木尔黛拿来哈达后，又让他拿一些乳汁来。

老人恭恭敬敬、按部就班地进行仪式的每一个步骤。

青巴图接过笼头准备出发时，老人抚摸着圆峰驼的头，对他说："你得由着圆峰驼走！它是个跛脚！要让它多吃草，记得慢些走！"

圆峰驼缓缓站起身，朝主人指使的方向缓缓走去。佟台吉弹洒乳汁吟诵祝颂词，然后语重心长地说："祝你一路顺风！"

老人挥一挥手中的旧笼头，流着泪说："骆驼是五畜的威严担当，希望你下辈子还变成骆驼生在这里！"

圆峰驼似乎已明白了一切，恋恋不舍地往前走，渐渐地走出了视线范围。巴图贺西格沙丘北边的那条路上，留下了一串硕大的脚印。天地似乎都想挽留圆峰驼，今天没有雾，没有暴风雪，晴朗而安静。空荡荡的大地，似乎也想要久久地留住这串弥足珍贵的脚印。

巴音塔拉的唯一一峰骆驼，就这样被送走了！

欲知圆峰驼后来的命运，请看下卷分解。

卷　三

第 一 章

巴音塔拉的唯一一峰骆驼，开始了它一生中的最后一段旅程。

这次旅程很漫长。主人在送它回老家。但它只是一峰骆驼，怎会知道这些呢，只由着主人慢腾腾地向前走。

时值仲冬，勃尔克山间草地的太阳出得晚落得早，加之今年雪大，天气经常骤变，圆峰驼一路上遇到的阻力不小。

圆峰驼和它的主人，清晨就到了勃尔克。杭盖上空的太阳，经过几座山峰便急着偏西，白天很快就过去了。主人猜出晚上可能会狂风大作，不停地催促它前行，然而脚下是过膝的大雪，骆驼根本跑不起来。骆驼的主人也知道，他骑着的这一峰老骆驼已经不起连连催促。

它活到这把年纪，见过不少人，经历过不少事，但也头一次经历如此漫长的旅程。大概不到天边就不会停下来吧。它还想着换个新的地方，能对它有什么利弊。骆驼来到这个完全陌生而又丰饶的地方，脚步轻快了一些，但心中还想念着它从小生活的地方和它的老主人。尽管那里的冬天大地会冻得像铁一样硬，常伴着呼啸的暴风雪，但它依然觉得躺在老榆树下又软又暖的干牛粪屑上闭目养神，比现在这个耗尽体力的漫长旅程好很多。它抬头看到前面是一片黑褐色，分不清天和地，不禁感到害怕和失望，腿关节像散了架似的生疼。

这本是一个当天中午就能到达的地方。但它的主人迷了路，走了一天还没到。青巴图本想这样走着遇到人家就在那里过夜，但日头不会等待迷路之人。

中午，圆峰驼路过像它的驼峰一样的两座山时，闻到了一股干牛粪熟悉的味道。它想去那里时，主人用力拽了一下它连在鼻勒上的缰绳。人的嗅觉远没有骆驼的灵敏啊，主人当然不知道那边有人住。从远处传来汽车的动静，等他们走近，才看清是一辆行驶在茫茫雪地上的黑色汽车。汽车发出儿驼般的嗥叫声，用它的轮子扬起地上的雪向前跑，不一会儿就来到了他们身边。这是一辆六七十年代的战备用车，后面拖着大车厢。透过结了一层白霜的车窗可以看到，驾驶室里坐着三个男人，他们正聊着什么。青巴图下了骆驼走过去时，驾驶室的门打开了。青巴图看着这三人有些眼熟，但也没多想，直接问道："额布查克家在这附近吗？"

三人面面相觑愣了一下，其中一个头发浓密的大龅牙说："额布查克？那货早死了！他家不在这边，你朝着日落的方向走。"

青巴图吓了一跳："死了？怎么死的？"

大龅牙说："是，死啦！怎么说呢，对，直接上吊自尽。"他一边说一边把手放在脖子上，做出上吊的样子。坐在他旁边的两个人嫌他嘴大漏风，狠狠地关上车门，朝北边开去。

青巴图听信他们的话才迷了路。额布查克死了。这话让他难过至极。就算人不在了，家肯定还在啊，他家在哪儿？青巴图还没来得及问，那三个人就鬼鬼祟祟地开着车走了。

日落时分，勃尔克山间草地上突然刮起了劈头盖脸的暴风雪。暴风雪顷刻间席卷了山川，叫人睁不开眼睛。大片大片的雪花乱飞，天地混沌一片，什么也看不清。

青巴图下来，牵着骆驼往前走。他摸着黑一点一点往前挪步，看到前面有一条泄洪沟。泄洪沟很宽，完全可以到那里去躲避暴风雪。

青巴图躲进泄洪沟里，在暴风雪中静静地等待天亮。这已是他离家后的第五天。这次出来，他有比送骆驼更重要的事，那就是去找呈德。前几天，苏木派出所叫他去接受教育。派出所经常这样教育有前科的人。青巴图心不在焉地接受教育，眼睛却没离开过电视屏幕。他现在想不起来那天都有什么节目，但插播的一则广告引起了他的注意。那是一则介绍边境城市二连浩特外贸情况的短片，顺带介绍了该市的一家宾馆。宾馆门前豪车云集，一个身穿蒙古袍的女孩站在门口迎宾。她是呈德。青巴图一眼就认出了她……

泄洪沟里比周围安静。暴风雪依然在肆虐。骆驼舒舒服服地躺在泄洪沟里，青巴图紧紧贴着它坐在那里望着天空，任思绪蔓延。周围漆黑一片，伸手不见五指。他喜欢看着天。前天，路过坤德伦旗的一个苏木时，他进邮电局给呈德打了个电话。翻半天才找出那家宾馆的电话号码。当时他十分激动，现在都忘了当时的聊天内容。只记得说过三天以后就能见面，并约好到时候可以畅谈，不像打电话那样受时长限制。他还没告诉呈德，自己正骑着那峰骆驼。电话那端，呈德激动得抱着电话大哭，都没说上几句话。可怜的呈德……

昨天在游牧点的老汉家过了一夜。早晨老汉从外面进来后说:"要变天呀。出门在外的人,也不急这一天两天的,不在我这里多住几天,等暴风雪过去再走吗?"但他由着年轻人的急性子出来了,没想到今天在外面过夜。这就是无家可归的感觉啊!

独自坐着仰望天空的感觉真不错。青巴图默念了一句:"请老天保佑我……"巴图贺西格的天也这样。天都一样,不分你我吧,就算分也没有关系,我向着这里的天虔诚祈祷。圣洁的苍天,我跟你祈祷的东西不多,只希望你赐予我度过这场暴风雪的毅力,在去找呈德的途中不要让我遇到险阻,让我平平安安地到达目的地。我现在好饿,头也晕。老天啊,我迷路了!您是我们浑善达克的苍天吗?我在野外过夜呢。我们那里的牧民经常露宿。在草原上,跟老天聊着露宿的感觉不错,牧民都是祖祖辈辈跟牛羊在一起的人们。苍天和大地会保佑这里的草场。我们愿意把杂事、难事都说给您听。生在草原,长在草原上的人们临死时也会祈祷,希望上苍能带他们去天堂。

青巴图继续祈祷。浑善达克沙漠里的人,都有朴实而原始的信仰,遇到什么事,都向上苍祈祷。苍天是他们的依靠,能安慰他们无助的心灵。后半夜,暴风雪卷进来,落在他的膝盖上。如果张着嘴稍待片刻,准能吃到一口雪。青巴图也明白,如果此时睡去,那将是非常危险的事。他现在又冷又饿,没有了与大自然抗衡的力气。他努力让自己一遍遍睁开双眼,一次次强忍着抬起头。今夜对青巴图来说无比漫长,就好像时光已停止。

青巴图终于熬来了黎明。风声呼呼,就好像在打雷。眼前有一座山,山上的雪在风中正在朝泄洪沟这边游移。可能发生了雪崩。青巴图掸落身上的雪,也帮骆驼掸落了它身上的雪。他起来活动几下，身上就没那么冷了。

是时候把骆驼喂饱了。虽然找一户人家休息要紧，但台吉的叮嘱不能忘。如果骆驼饿得走不动路，根本找不到人家。

那里有榆树条，圆峰驼吃得很饱。它吃到没有其他牲畜碰过的榆树条非常开心，那真是美味！看到吃饱的骆驼，它的主人也高兴。太阳应该升老高了吧，今天是阴天，看不到太阳。吹来一阵阵冷风，天上的乌云低得就好像在头顶上。青巴图不知道朝哪个方向走，犹豫了很长时间。一只喜鹊从他们面前飞过。它迎着风一直飞，一点点变小，最后变成一个小点儿，消失在远方。这荒山野岭里能遇到一只喜鹊，是喜兆。它还喳喳叫了几声呢。喜鹊夏天喜欢待在树林里觅食；到了冬天，树林里没什么食物，它就到人类的家门口找东西吃。青巴图觉得这只喜鹊在给他指引方向。但他忘了，喜鹊还喜欢吃腐肉，所以它也可能要去更荒凉的地方。

青巴图牵着骆驼，跟着喜鹊走。暴风雪越来越大，地上的积雪越来越深，青巴图没有别的办法，只好骑着骆驼慢慢往北边走。圆峰驼在大风中站不稳，走路时摇摇晃晃。

过了中午，风势小了一些。天上的乌云像被定在那里似的一动不动，不一会儿就下起了雪。青巴图在鹅毛大雪中莫说是看路，就连骆驼的头在哪儿都看不清了。

圆峰驼走走停停，警惕地观察着前方。它什么也看不见。它生怕脚下的草原突然消失，怕自己不小心一脚踩空或撞到什么东西。它冒着暴风雪走了太长时间，现在感到浑身乏力。它只想躺下来好好休息。它一边走一边嗥叫，脸上流着泪。骑在它身上的主人，境况也不比它好多少。

就这样走了半天，没遇到人家，甚至连个活物也没遇到。下午，倒是遇到了两个人。

　　为了不让暴风雪抽打到脸部，人和骆驼都低着头艰难地前行。青巴图没有注意到他们，因为根本看不到前面的任何东西。骆驼突然停下来，骑在驼背上打盹的青巴图险些跌下来，才发现跟前站着两个人。

　　青巴图见到人非常开心。他勉强张开冻僵的嘴唇，将直僵硬的舌头和他们打了声招呼。不知对方有没有听见他含糊不清的问候。

　　没想到对方是个大嗓门，他凑到青巴图的耳边，大声喊了一句："你好！"

　　青巴图让骆驼跪在地上，自己跳下来，躲在骆驼身旁避风雪。那两个人跑过来坐在青巴图的左右两边，大声地咒骂着鬼天气。

　　青巴图看了一下，他俩都比他大。一个是油乎乎的猪肝脸，眼神如老鹰般犀利；另一个是个高个子，大长脸，他的长发像小马驹的尾鬃，长着一口大龅牙。他们连帽子都没有。两个人缩进自己的狗皮大衣，用沾满机油的手弄掉胡子上的冰碴后，问青巴图："小伙子，有火吗？"

　　"有。"

　　"那太好了，借个火！"大龅牙高兴地用力拍了拍青巴图的肩膀。圆峰驼因长途跋涉感到疲惫不堪，哞叫了一声。骆驼误以为借火的手要鞭打它。青巴图认出他们是昨天坐在车里的两个人，一边递给他们火柴，一边问："你们用火做什么？咱们又见面了。我昨天按照你们给指的方向走，在雪地上过了一夜。"

猪肝脸故装轻松说:"小兄弟,你认错人啦,咱们这是第一次见啊。大概你不是本地人吧,本地的人我们都认识。你找谁?"

青巴图愣住了。昨天刚见过面,今天怎么就不认识了?

"您知道额布查克家在哪儿吗?"

"当然,我们经常去他家。他家的蒙古包在山脚下。这样吧,我骑着你的骆驼去看看他们家在哪儿。你迷路了,我们不能这样扔下你啊!"

另一个说:"额布查克家应该在西边,离这里很远。为了感谢老弟给我们借火,我们和你一起找。"

猪肝脸继续往北走,大龅牙爬上了驼背。骆驼没起来,它嗥叫着往大龅牙的脸上啐了一口黏液。大龅牙什么难听骂什么,夺去青巴图手里的鞭子,开始没头没脑地抽打圆峰驼。青巴图心疼自己的骆驼,就差把那家伙拽下来。大龅牙连连抽打着骆驼,往西去了。

荒野上,只剩下了青巴图一个人。

一个小时。两个小时。不见大龅牙回来,青巴图在风口上坐不住了。如果不是穿了一件厚厚的皮大衣,他根本坚持不到现在。我不会是被骗了吧?完全有可能。昨天和今天见到的是同一拨人啊,他们怎么就不敢承认昨天见过面?他们知道额布查克家在哪儿,为什么不肯告诉我详细方位?他们是什么人?是盗贼吗?是不是把我的骆驼骗走了?看他们的德行,估计干得出来。

青巴图往北走,去追猪肝脸。大概他们的汽车在北边。雪,还在下,暴风雪还在继续。夜幕渐渐笼罩雪原。青巴图不知道摔倒了几次。如果骆驼还在多好,它至少是个伴儿啊。他走不动了。从昨天早上到现在,他没吃一口东西,现在只觉得眼前发黑。他没有停下脚步。

夜。暴风雪还在肆虐。青巴图大概走了十几里吧，因为是晚上，他无法估计。青巴图坐在灌木丛下避风，竟渐渐睡着了。但没睡多久就醒了。叫醒他的，是一个非自然界的声音。声音离他很近，大概只有一里地远。起初他不明白这是什么声音，后来就猜到了。

枪声。连续的枪声。就在北边，很近。他想到这里是中蒙两国边境线附近。是两国开战了吗？不会也不可能啊。

那是什么枪声？青巴图觉得很可怕，但好奇心促使他继续往北走。他没走多远，就看到汽车的大灯照亮了一座大山，山脚下的沟壑也已被照亮。他又向前走了几步。

枪声停了。

昨天的那辆车开着大灯，灯光照在山上，犹如白昼。灯光里走来走去的两个人，正是大龅牙和猪肝脸。他们每个人拿着一把长杆枪，在往汽车这边走。

暴风雪小了一些。青巴图屏住呼吸，渐渐爬到了他们汽车的后面。进驾驶室的，正是昨天的那三个人。

他们在大声聊天。

大龅牙喊："把酒给我。"看样子他已喝醉。

"看你做的破事。猎物还没靠近，全让你给吓跑了。子弹得省着用。如果学会了省子弹的打法，就赏给你一瓶酒喝。咱们应该祈祷暴风雪继续肆虐，这样一会儿就有收获啦！如果准备好了，现在就去吧，注意我的信号！"从语气来判断，说这话的是三个人当中的"老大"。

驾驶室的门被推开，大龅牙和猪肝脸下了车。他们背着枪，沿着灯光的两边走，渐渐消失在黑暗里。青巴图不知接下来会发生什么，好奇心促使他爬到了汽车底下。这帮人到底是干什么的？还有一个人守着车，青巴图只能小心翼翼地爬上车厢。车厢里除了一桶柴油，什么都没有。

在灯光的照射范围内，出现了一群动物，因为距离远，看不清楚那到底是什么。它们在暴风雪中越来越近，轻盈得像翩翩飞舞的蝴蝶。可怜的，原来是一群野生羚羊，有三四十只。羚羊在灯光里徘徊，用恐惧的眼神瞪着汽车。对于食草动物来说，这也是求救的眼神。

信号灯一闪，那边就响起了连续的枪声。这群羚羊遭到了屠杀。随着枪声响起，羚羊们左蹦右跳，不停地被同类的尸体绊倒。它们不知道如何逃出车灯的强光，血淋淋的羚羊相继倒地死亡。有几只受了重伤，流着血准备逃跑，但等待它们的同样是冰冷的枪口。

枪声刺耳，血腥味刺鼻。最后几只羚羊也倒在了血泊中。青巴图惊呆了，羚羊虽然是野生的，但它们和牛羊有什么区别，不都是命吗？况且它们还远没有牛羊那么多。它们在东方的生存空间越来越有限了。以前羚羊还能依靠一对锋利的犄角和敏捷的四肢生存，现在这种生存模式早已被打破。辽阔的草原已不再是它们的乐园，它们的生存空间越来越小，被迫探索新的生存家园。羚羊的家园，羚羊的幸福生活，正在一步步消失。它们赖以生存的几个内陆国家，只注重经济、原材料，都忙着开发矿藏，给这群草原上的生灵带来了新的灾难。

枪声停了。看不清到底死了多少只羚羊。大龅牙和猪肝脸得意扬扬地走过来，把枪口冒着烟的猎枪靠着汽车放好，进了驾驶室。

他们准备喝酒庆祝。守在车上的那个人说："去车厢！那儿有一个人在等待我们的审判，你俩去把他拉过来！"

大龅牙和猪肝脸跳下车，用手电筒照亮车厢，咧嘴笑着对青巴图说："咱们又见面啦！"

他们把青巴图带到驾驶室前，饶有兴致地问道："这下真好玩啦，咱们怎么处置这家伙？"

青巴图落到了他们手里。

东方开始发白，天快亮了。

第 二 章

　　圆峰驼被人拴在山沟里过了一夜。

　　大龅牙昨天下午直接把它牵到了这里。昨天早上，三名盗猎者的汽车点不着火了。他们烧火烤车，直到把火柴都用完，车还是不着。中午，大龅牙他们说要到附近的人家里去借火，在路上遇到了青巴图。他们不仅从青巴图那里借到了火，还把他的骆驼骗到手。他们把青巴图丢在雪原上，认为他八成会冻死。在他们看来，一个人在雪原上被狼吃掉，也不是什么新鲜事。

　　大龅牙把圆峰驼牵到这里，拴在一块大石头上。拴的时候把它的头压得很低，这狠毒的拴法真是要命。圆峰驼想躺不成，想抬头也不能。它的鼻子被勒得生疼，脖子发麻失去了知觉。它只能用下巴顶住大石头，稍稍打个盹，但这样的姿势也坚持不了多久。靠在石头上的下巴很快就开始冻得发麻。它只能站在原地，一步都挪不动。

　　圆峰驼正在经历前所未有的挑战。它闭上眼睛，嗥叫了一整夜。

　　它盼着主人快些过来。主人一来，它就能得救。它想念那位对他最好的主人。老人总是蹒跚着走过来，用干树枝一样的手指，往它的嘴里塞一些吃的，抑或抚摸它的嘴、头部或眼睛。他的手，非常温暖，带着太阳、牧草和沙子的气味，闻起来很舒服。主人每每这样抚摸，圆峰驼都会流下热泪。那是一种深情的外露，通过眼泪来传达。它那颗柔软的心，感受到了人类的温柔。这是一种纯粹真挚的情感。

它怀念巴图贺西格的那棵老榆树。那棵吉祥的老榆树，能给它片刻的舒服。除了天上的云和身边的这棵树，沙漠里再没有什么遮阳的东西。老榆树是季节的晴雨表，它的绿色能给予牲畜力量。只有草食动物能体会绿色之美和绿色的意义。对于浑善达克沙漠的动物而言，绿色如同母亲的乳汁一样珍贵。到了秋季，绿色渐渐消失，树叶像眼泪般凋落，真叫它伤感。秋天里，它怀念自己的母亲，怀念自己见过的同类，尽管它们少之又少。因为有榆树的陪伴，秋天也很美好。如果没有它，秋天会多么孤独！不知人类怎样化解这种孤独？

圆峰驼现在也在努力战胜孤独。为了能在这个绿草茵茵的世界上多活一年，也为了在天地间展示自己卓越的毅力，它还在坚持，还在嗥叫。

后半夜来了一群狼。

它们的嗥叫声告诉圆峰驼，它们饿极了。有几匹狼渐渐靠近了大石头。

骆驼害怕至极，难过地想自己的一辈子可能就会结束，无奈地闭上了眼睛。它想起自己年轻时在巴音塔拉遇到过几次狼群。或许是因为它还年轻，那几次狼群没怎么惹它。

狼群站在不远处，喉咙里发出凶残的呼呼声，却不靠近。狼群围着圆峰驼僵持了很久。

圆峰驼睁开眼时，狼群不见了。

刮了一夜的风。山坡上的雪被吹到山沟里，厚度达到了圆峰驼的肚子那里。如果暴风雪再继续，圆峰驼必死无疑。这不是老天的错，错就错在那些贪得无厌的人类。它被拴在这里动弹不得，也是人类干的"好事"。

慈悲的老天又怎会无视这些？老天知道天庭门前的一个大动物正在面临生与死的挑战，于是在黎明时收了它的风和雪。

天亮了。

"老大"跳下车，从头到脚细细扫了一遍青巴图，拍了拍他的肩膀，说："小伙子，你这是捣鼓什么呢？"

青巴图大声喝道："我的骆驼在哪儿？请把骆驼还给我！"

"老大"点了点头，眯着眼睛笑起来，笑得他的大肚腩一颤一颤的。他说："你的骆驼安然无恙。年轻人都是这样的急性子。骆驼我现在还不能给你。在我们成事之前给了你骆驼，你会揭发我们的。不过这事跟你也没关系，咱们这两天做个朋友吧。嗯？你瞪我干啥？"

"把骆驼还给我！你们为啥要杀那么多羚羊？羚羊是濒临灭绝的珍稀动物。"

"为啥？你还小，不知道大人的事。我告诉你，猎杀和贩卖羚羊，也是老天的安排。生活在同一片蓝天下，我们必须得获取利益。首先，这些羚羊不是中国的，你去告了也没用。执法部门可能还会反问你，中国哪儿来的那么多羚羊？蒙古国的围栏被雪埋掉，羚羊才来这边。它跨境过来，等待它的就是这样的命运。我们只不过是顺应天意，提前动手而已。做什么事，都得讲个理，人就应该有理可循，是不？"

"老大"哈哈大笑，其他两个人也跟着笑起来。大龅牙从驾驶室里给青巴图拿了一片面包。

"老大"介绍猪肝脸说："这是我们的司机。"又介绍大龅牙："这是我们的军官。你看他像不像军人？可惜现在没有战争，他没有用武之地。你可以叫他'狼'，他早晚会让你知道他是怎样一匹狼。"

大龅牙握住青巴图的手说："小伙子不错。会玩这个吗？给，喝酒！喝了酒，就容易成熟。我打八岁开始抽烟，十来岁开始喝酒。人啊，早享受早好……"

青巴图推开酒瓶，坚决地说："我不喝！"

"老大"说："不喝拉倒。咱们一起吃点东西，天亮之前把羚羊都装上车。小伙子你也得帮帮我们。"说毕，他们就上了车。

青巴图想，得先吃饱，才有力气找骆驼。如果不配合，这帮人什么事都做得出来。他们嘴里就没有一句实话。

他们准备在暴风雪减弱的时候，把羚羊装上车。他们说没有暴风雪就不能开枪，大概是怕被人听到。装车这件事，是个重活。一只羚羊，小的也有两岁牛犊那么大。其中一个人边装车边打电话说："白天开车走几趟，先把打好的羚羊拉到附近放好，晚上回来再打一些。已经打了不少了。"

青巴图帮他们装车。他现在想的是，如何逃脱，如何救羚羊，如何将这些盗猎者绳之以法。雪地上的好多羚羊还活着，但都已奄奄一息。青巴图不忍心把它们搬上车。他是一个牧民，一直和牛羊打交道，他爱大自然的一草一木。他爱护动物，更爱这些羚羊。

装完车时，太阳出来了。他们装了满满一车厢羚羊，上面盖了苫布。"老大"和猪肝脸开车走了，留下大龅牙看守剩下的羚羊。大龅牙把剩下的羚羊摞到一起挡风，青巴图拿酒过来时，他用枪口指着青巴图说："把酒放在这儿转过去！我得搜身，捆住你的脚。说实话，我这是可怜你！"他果然过来搜身，然后用类似马绊子的东西，绑住青巴图的双脚，让他坐在汽车的背风处。青巴图知道自己逃不出去，索性好好补了一下觉。等他醒来时，大龅牙已喝醉，在阳光下拿着酒瓶，正眯着眼睛看着自己。他大概是觉得有点无聊，于是想对青巴图炫耀自己的青春往事。他问道："小伙子，结婚了吗？"

　　青巴图说："没有！"

　　大龅牙有些失望地说："唉，那能跟你聊啥呢，你玩过女人吗？"

　　"没有。"青巴图使劲摇了摇头。

　　"那你还没成人呢。人这东西呀，什么都得尝尝。缺什么都没有缺女人难受。城里的女人，那可真正点。喂，你怎么了？"

　　大龅牙的过去，简而言之就是十五年的墙内生活。两岁他便成了孤儿。当他在街上乱跑时，一对善良的农民夫妇收养了他。他打小就学会了偷盗。十八岁时强奸养父唯一的女儿，锒铛入狱。他刚会说话，就学会了骂人，但学习成绩一塌糊涂。他不知道自己的民族，当然这对他而言也不重要。他的世界里，只需要美酒、美女和金钱。讲到自己十五年的高墙内生活时，大龅牙恶狠狠地喝了一大口酒说："那时的法度太严。我那点小事算个啥，它就像骆驼身上的虱子，我都快想不起来了。因为那是我的第一次，所以还依稀记得。"

"后来被抓进去过没？"

"怎么可能？人得吃一堑长一智啊。现在谁还能逮得到我？如今的法律都受人摆布。当时的警察也怪，就那么点小事，他们那么拼命干啥？我干的又不是他娘。现在呀，有钱就行，有钱啥事办不了？有钱能使鬼推磨呀！"

原来他们三个都是城里人。最近几年，他们年年冬天来中蒙两国交界处，每次都盗猎不少羚羊。青巴图问他骆驼的下落，大龅牙什么也不肯说。青巴图明白在白天根本没有脱身的可能，只能在夜里伺机而行。青巴图还想再打个盹，却没成。头顶上盘旋着猛禽，叫个不停。毕竟他身在血淋淋的羚羊尸体中间。

夜里起了暴风雪，羚羊再一次面临厄运。三个盗猎者把车灯迎风打在远山上，猎枪和子弹已准备就绪。有羚羊跑过来，就逃不出他们的圈套。好在这次他们的杀戮没能持续太长时间。老天收住风，夜空上出现了点点繁星。三个盗猎者骂骂咧咧地收起猎枪，连夜开始装车。天亮之前汽车开走，又留下了大龅牙和青巴图两个人。

今天晴朗无云。大龅牙知道在这样的白天必须离作案现场远一些，才能避免被人发现。如果被附近的牧民看到，那麻烦就大了。在日出前，大龅牙让青巴图背上干粮和酒，躲进了山里。那座山非常高，两个小时才爬到山顶。青巴图踩着过膝的积雪走在前面，大龅牙紧随其后。他已酩酊大醉，跟不上青巴图，一会儿就被落下了一段距离。他拿出手枪威胁青巴图，说如果胆敢逃跑，他就扣动扳机一枪打死青巴图。

太阳升到半空时，他们到了山顶。站在山顶，两个人都感到舒爽，迎着凛冽的风自由呼吸。青巴图看到山脚下白茫茫的雪原，激动地问道："边境城市离这里多远？"

"边境城市啊，你听啊，火车。"

大龅牙虽已喝醉，但也连连赞美大自然。他看到错落有致的山林、辽阔的原野和悠闲吃草的一群群羚羊，摘下帽子激动地说："蒙古国啊蒙古国，不知我什么时候能踏上你的土地。听说你们那里有鹿鞭和人参！"

青巴图则说："那都是名贵药材。"

大龅牙说："那是当然。如果想要享受人生的快乐，想要玩女人，那都是必备的东西，它们能给人重塑青春之身啊！"

大龅牙开启酒瓶，激动地说："蒙古国就在那里，很近吧？但你敢过去，我就一枪打死你，你都不知道自己是怎么死的。"

他们在山顶上坐了很久。大龅牙坐在山上干掉一瓶白酒才往回走。这次他们没有按原路返回，而是准备顺着阳坡下去，穿过不高也不密的灌木丛。路上有不少山崖和覆盖着积雪的山涧。每走到这种地方，大龅牙就拿枪指着青巴图，让他先过。青巴图只能小心翼翼地往前挪步。那山沟至少有五庹宽。青巴图先走过去，看到大龅牙正拿着枪，踉踉跄跄地朝这边走。青巴图诅咒大龅牙掉进山沟。他坐下来清理靴子里的雪时，大龅牙大叫一声便不见了。只见前面的雪塌下去一块，大龅牙掉下去的洞口飘着雪花。是的，大龅牙掉进了山涧。他那无休无止的欲望和没有节制的生活也随着他掉进了山涧。大龅牙一半是人，另一半呢？或许掉进山涧里，也是他的命。

青巴图爬过去，拿了他的手枪，准备去屠杀羚羊的现场附近找骆驼。他估计骆驼就在不远处。他绕过猎杀羚羊的地方，在附近的山沟里找。汽车追过来了，青巴图再拼命跑也跑不过汽车。

猪肝脸从车上给了他几枪。

青巴图的胸膛流着血，腿上也中了弹，倒在了雪地上。青巴图知道自己根本逃不掉，就朝着汽车开了几枪。车上的一桶油正好被打中，开始着火。驾驶室里的"老大"被活活烧死，猪肝脸见情况不妙，扔下枪便仓皇逃命去了。

响起了震耳欲聋的爆炸声。车上的弹药毁于一旦。

青巴图感到头晕目眩，抽搐几下便失去了知觉。

过了好一阵子，青巴图才醒来。太阳带着晚霞就要落山了。天边出现了美丽的火烧云。在霞光的照耀下，群山变得更加巍峨，山顶上的石头像极了敖包。青巴图向着敖包、向着山神、向着苍天祈祷。他祈求诸神消灭世间的邪恶与不公，给予他力量，让自己重新站起来。每次看到有牧民前来祭拜台吉家的敖包，他就会被鼓舞，浑身都充满力量。到了祭敖包的那天，青巴图会给自己一天假，让自己摆脱繁重的劳动，在冰冷的敖包石前敞开自己火热的心，从天和地汲取力量，给自己面对生活中种种困难的勇气。

请苍天保佑我！我必须得站起来，我还有事要做……

他现在比任何时候都更加向往平安的生活和健康的体魄。他的手开始失去知觉，胸口上好像压着一块大石头。他看到一个黑点正在慢慢靠近他。他的双手，还有好多事情要做。在没做完这些事之前，他不能死。

他再次向上天和敖包祈祷，希望大自然神秘的力量让他站起来。那是发自肺腑的祈祷！仁慈的上苍和慈悲的大地，从来没有分明的界限。山，属于上天，敖包亦如此。大山和敖包，亦是大地的。住在浑善达克沙漠里的人，头上有圣洁的天，所以都知道这个道理。

苍天啊……

我自打一出生就摒弃了贪婪和邪恶。难道我命该如此吗？想到这里，青巴图就会间歇性地失去意识。如果我还剩下一点时间，那我愿意把余下的时间都献给苍天！苍天啊，我祝您长长久久！

到了该忘记一切的时候了。时间在慢慢靠近他。

忘掉一切，也很不错！如果一个人真能够遗忘一切，我希望呈德彻彻底底将我忘记。她那么多愁善感。我这次出来，就是为了见她，然后和她白头偕老。我想给她看预示吉祥的骆驼。现在，我失去了吉祥的骆驼，也失去了充满理想的世界。我即将要失去一切。

那天我为什么要给你打电话，让你平静的心泛起涟漪？我为什么用你的泪水滋润心灵，说了那么多不切实际的情话？这一切都无法实现了，我希望你忘记我们之间的这一切！

你会来到边境城市的大街，去车站接我吧？你可能会在等待中度过漫长的黑夜，次日无精打采地去工作。但愿那些痛苦的日子很快成为过去！

希望你尽快遗忘我和我们的过去。这就是我们的缘分，我们残缺的幸福。我向天地祈祷，希望你终将获得幸福！我点亮自己仅有的一点生命之火，真诚地为你祈祷！

我已睁不开眼睛，渐渐失去了意识。我看到了巴图贺西格沙丘。我看到了台吉爷爷。我看到了母亲。我看到了被绿色覆盖的浑善达克沙漠……

他什么也看不见了。

第 三 章

圆峰驼在山沟里嗥叫了整整一夜。那真是一个极其难熬又无比漫长的冬夜。

暴风雪突然停了，夜空中出现了繁星。它现在还抬不了头，大雪覆盖了它的全身，只有背后和头还露在外面。今年的雪特别大。圆峰驼也感觉到，以往年景从没这么好过。往年的冬天总是干冷、漫长、没有雪可舔，它经常口渴。今年多好。对于骆驼而言，这点暴风雪不算什么。下了雪，各种疾病反而自动远离它，它会变得特别舒服；下了雪，牛羊也高兴，就能带着肥膘迎接春天。今年的年景就是好，什么动物都想在这样的年景里过冬。虽然在浑善达克沙漠里牛羊的处境要比圆峰驼好一些，但也好不到哪儿去，不信你去听听牛羊的叫声和骆驼的嗥叫声，再把它翻译一下，就全明白啦！

圆峰驼嗥叫了二十八年，现在还在嗥叫。

它的脖颈疼得厉害，四条腿在颤抖。这种疼痛和不舒服，持续到了次日早晨。不知不觉中，黎明已悄然来临。它喜欢光亮，光亮给予它希望。

圆峰驼试着抬头，试着往前坐。它一动鼻子就钻心地疼，它无法不惨叫一声。它动了动四肢，甚至都不敢确定它的四条腿是否还在。它跪下来，试着往前冲了一下。缰绳被拽直，鼻孔被撕裂，流出了鲜血。血，流进它的嘴里。圆峰驼嗥叫着，调整一下四蹄。

　　有一种神秘的力量，帮了一把这峰回老家寻找自由的骆驼。它自然不明白这些，只会调整四条腿的位置，尽量想一些轻松愉快的事，紧闭着双眼嗥叫几声。

　　那股神奇的力量到了它的鼻子底下。

　　圆峰驼把眼睛眯成一条小缝，看到大石头上跑来一群很小的东西，在啃食它的缰绳。鼻子里的血，沿着缰绳流淌。那些小动物，只有它的眼睛那么大小，叫起来声音也小得可怜，它们一点点地啃食缰绳，爬上它的鼻勒继续啃食。虽然是小动物，但它们的食量并不小。它们爬上它的鼻子，奔跑在滴了血的大石块上。真是一群可爱的小东西。这种老鼠不仅在山里有，沙漠里也有它们的身影。圆峰驼在沙漠里反刍时，见过一种老鼠。比起它，眼前的这些老鼠太小了。

　　有一只老鼠放肆地钻进了它的鼻孔。鼻孔里痒痛难忍。圆峰驼憋足气，打了一个响亮的喷嚏。小老鼠被一股气流喷到了石头上。圆峰驼抖了抖身子，再抖了抖。缰绳断了，但它没有马上意识到这一点。它摇摇头，想甩掉爬到它头上的小老鼠。它酸疼的脖子，现在竟然不疼了。圆峰驼高兴地嗥叫了一声。它试着动动腿，腿动不了。它试图走两步，结果跪倒在雪地里，挣扎了半天才爬起来。这样反复试了几次，它就能走了。过了一会儿，身上的疼痛也消失了。

它小心翼翼地挪步，走出山沟后，径自朝北走去。它的四肢伸展开，身上微微发热时，走进了一处大山谷。它在那里遇到了从未见过的美食，吃饱之后继续向北。着什么急呢？它放慢了脚步。现在，它在两国交界线的禁区。这也是它的目的地。这里没有人烟，什么也没有。圆峰驼在那里过了一夜……

那天，额布查克出来放羊，在中午听到了从北边传来的枪声和爆炸声。他感觉有些蹊跷，就想去看看。他把羊群往家赶，等羊群上路后，骑着马一路向北。

两国边境交界处，基本不会发生什么事。冬天有一两声枪响，是有人在偷猎。那些盗猎者常以收购皮革为名，从边境城市二连浩特来这里偷猎。偶尔遇到一两头牛羊，他们也会非法猎杀后，收入囊中。估计刚刚的枪声，也是这么一回事。都说远亲不如近邻，就算不是我们家的牲畜，也应该过去看一下。

今年秋天，额布查克家的牛尽数被盗去。他带妻子去二连浩特看病时，盗贼趁机偷走了他们家的牛。他先是报了案，后来自己也去找，都没有下落。盗贼的手段还真干净利落。

打那以后，额布查克看到陌生人就盘查一番。他怕同样的遭遇会降临到其他牧户头上，所以才催马去勃尔克山间草地。

以前，勃尔克山间草地上人与自然和谐相处。那里有狼、狐狸和猞猁出没，山林中有各种各样的鸟。狼群偶尔会吃掉一头牛羊，但也不会给牧民造成很大的损失。狼也是为了生存，迫不得已才这样吧。因为我们要生存，它们也要生存。后来，我们人类做出了不理智的举动。集体的牛羊被狼群吃几头后，上级领导就愤怒难平，要求彻底消灭狼群。他们甚至把因为牧人的懒惰造成的损失，也嫁祸到了狼身上。人与狼的争斗那年在勃尔克从春天进行到冬天，狼群被打败了。最后几匹狼，带着满腔愤怒，逃到了蒙古国境内。它们时常越境过来，恶意残害这边的畜群。尽管有这样的插曲，勃尔克也算和谐，直至后来，这种和谐才遭到破坏。

　　现在，勃尔克面临的不是狼灾，而是人祸。更糟心的是，牧民也拿他们没办法。这里的人与自然都不再和谐，山间草地牧民的工作量也增加了几倍，他们得没日没夜地守着畜群……

　　一路上想着这些，额布查克在日落前来到了勃尔克。他绕过山时，看到头顶上盘旋着各种猛禽，地上有错综复杂的脚印。

　　山脚下堆积着羚羊的尸体，白雪上的红血印令人毛骨悚然。那里聚集了争抢食物的各种猛禽。有几只因吃得太饱无法起飞，扇动着翅膀在雪地上奔跑。羚羊尸体的上方，也有猛禽盘旋。它的南边，是一个烧焦的东西，仔细观察，才发现那是一辆汽车，还冒着白烟。额布查克知道这里发生了大事，准备牵着马去看看时，马儿怎么也不肯走。他硬牵着马走过去，那些护食的猛禽群起攻击他。他只好骑着马离开，登上了北边的那座大山。

　　太阳正在落山。额布查克拿出望远镜，先看一下那堆羚羊，再往北移动视线，看到了一峰骆驼。因为距离太远，额布查克用望远镜也看不清骆驼长什么样。它正在禁区内，悠闲地啃着灌木丛。奇怪的是，这峰骆驼身上还套着鞍子，挂着被折断的鞭子，笼头落到了地上。很明显，这峰骆驼曾遭人毒打过。这峰驼峰干瘪的草黄色骆驼，头大，嘴唇发白，顶鬃软塌塌的，可见又瘦又老。

　　金黄色的晚霞照着骆驼，额布查克透过望远镜，仔细观察它。

它的鞍子有点意思，是一个普通的毡鞍。毡子很白，是用应季的短羊绒自己擀制的毡子，大概很厚。他还能隐隐约约地看到鞍毡边上的花纹。压的是什么样的花纹啊，可见是个老式鞍子。老一辈人，把自己的智慧都留在自己的马具驼具上。他们做的东西精致又耐用。做马具和驼具时肯下料，用起来也倍加爱惜。可以断定这峰骆驼的主人是一位爱骆驼、富有经验的牧民。这个鞍子用了好多年，损坏的地方还用皮子打了补丁，尽管是个老鞍子，但它的主人是个有心的人。鞍子吸收了多少峰骆驼的体温，又蕴含着多少件皮大衣的温暖？

额布查克看完驼鞍，拿开望远镜。他很奇怪骆驼的主人到底去了哪里。等他观察着雪地上的脚印，不急不忙地往回走时，天已擦黑。他催马回家，在月亮升起时到家，给马喂草，自己吃饱后，趁着月光去报案……

猪肝脸被汽车的爆炸声吓坏了。他拼命跑，一口气跑出了十多里远。歇脚时，他想到了拴在山沟里的骆驼。与其这样费力徒步，不如骑着骆驼跑。骑着骆驼去边境城市后，直接把它卖掉。那四个脚掌，都是金子啊。猪肝脸敲了敲头，自言自语道："唉，这个蠢东西，怎么差点把它给忘了？"卖骆驼就能有钱；有了钱就有了路费。

他原路返回，走到山沟时天色已晚。骆驼没在，看脚印，是去了北边。他怕去找骆驼的路上遇到狼群，准备拿上猎枪再走。羚羊尸体周围聚集了好多猛禽。猪肝脸不怕它们，那些猛禽更不怕人。它们的眼睛里冒着冷光，发出刺耳的叫声一步步逼近猪肝脸。他挥手向前冲，在猛禽的攻击下突然被绊倒，趴在雪地上。

他吐出一口雪，准备爬起来时，一只飞禽像直升机似的俯冲过来，叼走了他的帽子。接着又飞来一只猛禽，抓住他的狗皮袄用力一拽，猪肝脸就翻了身。他看到一双双冷眼和一对对利爪，连忙把头缩进皮袄里，开始在雪地上打滚。这个方法让他捡了一条命。那些猛禽，从未见过在雪地上打滚的猎物，在他的头顶上盘旋着看热闹。

猪肝脸顺着斜坡继续打滚，撞到一棵梭梭树才停了下来。这棵梭梭树救了他的命。他慌忙起来，绕到山的那边，一路小跑着走了。他感到头晕，眼前发黑，喘不过气来，只得找个地方坐下来休息。他的裤裆已湿透。他不知道人为何受到惊吓时，会大小便失禁。

他不敢再去拿枪，而是想循着骆驼的脚印往北走。他对自己说："如果找不到那峰骆驼，我猪肝脸就不是人！"圆峰驼昨天刚路过这里，雪地上的脚印清晰可辨。猪肝脸还不忘给自己打气：骆驼就在不远处，找到骆驼骑上它，就等于长出了翅膀。很快就能到边境城市。不管是白天还是黑夜，到了那里就找个饭馆，哪怕砸着门进去也得吃个饱，然后把骆驼换成钱，临走时趁人不注意切断它的脖子。杀个骆驼，还不跟玩似的！

他现在又饿又累，加之天已擦黑，下不了决心去那里。他还坐在雪地上没起来。他看不到骆驼，但骆驼的脚印和两对价格不菲的脚掌在呼唤他。他回头看，看到回去的路就在那里。就算徒步，第二天也能到边境城市。他打算给自己算一卦。他从兜里掏出硬币向上抛，如果带字的那一面朝上，就去找骆驼。抛第一次时硬币的数字那面朝上，第二次也一样。抛第三次时，猪肝脸在嘴里念念有词，把嘴对着硬币吹了口气。他在嘴里不停地念着含糊不清的东西，就是不肯睁开眼睛看结果。他曾学过一点类似邪门歪道的东西。

小时候，他的脸也不是现在的猪肝脸，是一张红扑扑的小脸蛋。妈妈信佛，猪肝脸受妈妈的影响，把自己的青少年时代都献给了寺庙。打那时候起，他就知道自己有猪肝脸，开始动起歪心思。他把寺庙里的经卷悄悄偷出去卖钱。他曾多次坦言，再脏的钱也能花得出去。

猪肝脸念念有词地过了一分钟后，睁开眼睛仔细瞧硬币。这一卦也不支持他去找骆驼。他骂一声"干你娘"，站起来把硬币扔到一边，继续去追骆驼。他刚刚没休息好，现在又骂骂咧咧地接着跑。他在途中被积雪绊倒，掉进雪堆里就吃一口雪。他有时把嘴里的雪吐出来，有时干脆咽下去。他甚至以为，能把这片草原上的雪吃干净。他走不动，就慢慢往前爬……

圆峰驼终于到地方了。它站在一个小丘前，反刍着。

这里什么都没有。没有人，也没有它的天敌。但对于一峰骆驼而言，这里又应有尽有。有它的同类，有驼群。融入驼群是它二十几年来梦寐以求的生活。

清晨，圆峰驼没发现有什么不对。它没发现正在一步步逼近它的那几匹狼。

圆峰驼的直觉告诉它，马上要变天。狼群顺风而来，围住圆峰驼，蹲坐在那里做准备。哪里有食物，哪里就是狼群的目的地。圆峰驼用余光一打量就已明白了正在发生的一切，但它没当回事儿。以前，即使狼群当前，它也该干什么就干什么，狼群也不会惹事，待一会儿就会自己离开。

狼群这次没准备走。它们的包围圈越来越小，离圆峰驼也越来越近。看来这次它们不想放弃，圆峰驼这才感到害怕。

　　圆峰驼抬起头站稳脚，看着左右嗥叫几声，希望来一个什么东西，救自己于水火。北边出现了一道黑影，是个人！他敞开了皮袄，走两步就被绊倒一次。狼群看到有人来，果断放弃骆驼，齐刷刷地看向他。它们不会轻举妄动。那人看到骆驼得意忘形地喊了一声。狼群疯狂地冲了过去。他不是别人，正是来找骆驼的猪肝脸。他的眼里只有骆驼，竟然没注意到狼群。猪肝脸不肯善罢甘休的执着，在这里画下了句号。

　　这一切发生得如此自然。几分钟后，一匹有勇有力的狼，直接扑上去咬住了猪肝脸的脖子。猪肝脸就这样告别了人世间的痛苦。圆峰驼看到那里出现了一摊血，狼群纷纷奔向那边，不再顾及它。它趁机走到禁区深处，爬上了一座小山顶。

　　在山顶上，它见到了之前从未见过的情境。这里的一切都和别处的不一样。一望无际的草原延伸到天边，山脚下就有一群骆驼在悠闲地吃草，有一峰儿驼守护着驼群。这是驼群最正常的生活和真正的幸福，也是圆峰驼一直向往的生活。

　　可怜的圆峰驼，看到它这么多的同类，激动得一边嗥叫一边流泪。

　　它简直不敢相信眼前的一切。这一切对它来说，有致命的诱惑力。

　　一峰峰母驼迎风而站，风吹着它们棕色的鬃毛，它们的身上有厚厚的膘，刺骨的寒风和遥远的路途都无法打垮它们。一峰儿驼守护着驼群，它的身体像山一样高大；它正在伸长脖子，嘴里甩出黏液，监视着群内的每一峰骆驼；它叉开四条腿，威风凛凛地站在风里，胸腔内发出的呼呼声震天动地。

这就是动物幸福的样子。圆峰驼从未享受过这样的幸福。或者说，它从未真正生活过。它兴奋得脚下生风，眼前的理想生活让它再度流下了热泪。它嗥叫着从小山的阴坡跑下去，以它这个年龄的骆驼根本无法达到的速度，踏着厚厚的积雪接近驼群时，那峰黑色的大儿驼伸长脖子站到了它的对面。圆峰驼根本不知道这峰儿驼有多厉害。

它从未有过真正的群体生活，更不知道驼队的生存法则。当然更不知道发情期的儿驼护起母驼来有多疯狂。

正是这种无知，把它送上了生命的最后一程。上苍也不会知道圆峰驼竟然会这样结束自己的一生。在天庭门前，就出现了这样的错误。但法则终归是法则，怎么可以轻易断定对与错？

圆峰驼遭到儿驼无情的攻击，倒在雪地里。它正挣扎着准备站起来时，儿驼用它山一样硕大的身子压了上来。圆峰驼发出了一声惨叫。那峰黑色的儿驼没有愤怒，它只是给圆峰驼一点颜色看看。如若不然，它一定会把这峰又瘦又老的骆驼撕成碎片。至此，圆峰驼即将结束它在人世间的日子，走向天堂！

若要说经历，圆峰驼的这一辈子也经历了不少事。它从生下来的那天起，一直在经历，最后来到了这里。它这一生，走了长长的路，没有什么遗憾可言。如果说还有一丝遗憾，那就是身为一峰骆驼，它从未享受过每一峰骆驼都应该享受的群体生活。它一辈子都在寻找驼群，却不承想最后的结果会是这样！如果遗憾是流泪的理由，它的这一滴眼泪里，有生命不可承受的重量！

那天是阴天。太阳躲进了厚厚的云层后面。它大概也不忍心看到雪原上发生的这一幕。白天又刮起暴风雪，气温降了几度。

圆峰驼还在那里气若游丝地嗥叫。

夜。

今夜，它无比想念自己的主人……

它的主人今夜的状况，也没有比它好多少。

最后一峰骆驼离开巴音塔拉之后，佟台吉的老毛病突然复发，竟变得卧床不起。周围的牧民来看望他时，大夫在蒙古包外面拦住他们，警告道："安静安静！推门进去要轻一些，不要在门外跺脚，他这个病，最怕动静，你们最好不要来探望。"大夫知道，老人的心跳已变得非常微弱，如果有什么动静，随时有心跳骤停的危险。老人现在最需要的，是一个安静的环境。

白天台吉能靠着床打个盹，到了晚上也只能坐着过夜。他一躺下去心跳就加速，所以只能坐着。他的手抖得厉害，近来连茶碗都端不起来。贡格尔大夫在老人身边守了三天，等病情稳定后，给他开了一些药，回去了。大夫临走时嘱咐道："这都是过度激动造成的，现在好点了。我会抽空再过来。这期间您得好好养病。"

大夫走后，高超过来陪了几夜。等高超回去时，老人的身体好转了许多，不仅自己能端起茶碗，还能勉强进出蒙古包。

一个暴风雪肆虐的晚上，台吉靠着床坐着打盹。他突然起身点起了油灯。

他轻轻地推了推铁木尔黛，说："孩子，你醒醒。"铁木尔黛连熬了好几个夜，没有立马被推醒。

"孩子，醒醒，醒醒！"老人又叫。

"孩子，你醒醒啊！"

铁木尔黛立马坐起来，问道："爷爷，怎么了？"

"唉，孩子。爷爷没事。爷爷有话跟你说。唉，我为啥要叫你？唉，我这心脏……我想干什么来着？"老人愣在那里想了想，接着说，"我总是胡思乱想。我梦见骆驼遇难了，青巴图也遭人毒害了。真是个噩梦。"

"不会的，爷爷。您别多想。"

"唉，爷爷也不想这样，可一打盹就梦见这些。刚又入梦。这样惊醒几次，我就睡不着了。你说，有谁会对他们下毒手？今年的雪大，青巴图那孩子人生地不熟，不会迷路吧？总之，我总放心不下……"

老人靠着床头坐下，闭上眼睛，用手按了按胸口，说："孩子，你拿纸和笔来！"

铁木尔黛照做后，台吉说："在高超去旗里之前，咱俩写一封信。让高超捎过去，额布查克应该很快就能收到信。我来念，你来写，我这手写不了字。"

铁木尔黛开始按照爷爷念的写。

我儿额布查克：

　　首先祝你冬日安好，诸事顺利。

　　我还是老样子，前几天身体不行，现在又好了。我们都挺好的。

　　我让占布拉的大儿子青巴图把骆驼送到你那里。如今，它老啦。我们这里的草场不好，也没个驼群，就让骆驼在你那里度过余生吧。我想，它在辽阔的草原上，和驼群待在一起，会更舒服。骆驼也不喜欢我们这里的自然环境，它在这里的遭遇并不好。我就把圆峰驼的余生交给你啦！你也是个养骆驼的，如何照料等细节不用我多说。

　　另：我在寒冷来临的三天前送骆驼走的。今年风雪大，大概会耽误一些时日。送骆驼那孩子对这条路线也不熟悉，所以难免会遇到这样或那样的事。我总担心我的骆驼和那孩子。所以，你收到信，就速速来信！

　　好了，再见。

　　　　　　　　　　　　　　　　　　　　佟黛

　　信写好后，老人读了两遍。他准备明天就把信给高超，让他捎过去。写完信，老人如释重负般安安静静地休养了几天。

　　直到第二年春天，老人才收到回信……

　　圆峰驼刚开始看到同类很开心，后来又难过起来。它流着泪嗥叫，希望自己能赶上渐行渐远的驼群。但它的一辈子，就要这样结束了。

　　暴风雪肆虐了一晚上，次日清晨气温又降了几度。圆峰驼的四条腿已伤痕累累，此时它除了瑟瑟发抖，什么都做不了。它骨折后开始发烧；冷风让它的四肢失去了知觉。圆峰驼躺在雪地上拼命嗥叫，它多么希望主人赶紧过来救命！

　　没想到嗥叫声引来的不是主人，而是雪原上的狼群。

　　首先扑向它的，是一匹母狼。它是一匹身材修长、年轻有力的母狼。它不停地在雪地上打滚撒娇。跟在它后面的，是一匹大头雄狼。不一会儿，就有几匹雄狼闻声前来，围在母狼身边。

　　母狼轰走身边的几匹雄狼，半坐在自己的尾巴上，用它蓝色的眼睛，直勾勾地盯着圆峰驼。这是它宣战的信号。很快，四五十匹狼围住了圆峰驼，且不断有狼闻声赶来。

这就是狼群的生存法则。它们为了自己的后代，必须把握上天给的机会，在寒冬里出来觅食。今天无比寒冷，暴风雪肆虐，但狼群不怕这些。只有解决冬季里的食物，它们才能在此繁衍生息。生活在北方雪原的狼群，必须战胜这样的考验，才能称之为真正的狼群。上天愿意把机会留给这些狼群。

现在，狼群珍惜上苍赐予它们的机会，来到这里。它们在寒风中奔跑了些时日，现在迫切需要一顿美餐。眼前正好有一峰奄奄一息的骆驼。

身材修长的母狼发出信号，让最强大、最勇敢的一匹雄狼冲在前面。苍天也希望一切按照自然法则进行。如果遇到这样一匹有勇有谋的雄狼，母狼愿意终身陪在它的身边。真正的雄狼就应该是勇气和力量的化身。

圆峰驼已猜到自己的结局，无奈地闭上眼睛，轻声嗥叫了几下。

从乌云密布的天上传来了轰隆隆的声音，渐渐盖过了暴风雪的动静。那声音越来越近，越来越大，像是要把天空给震裂。那个像大鸟一样飞行的东西，原来是一架飞机……

边防部队昨晚听到有枪声和爆炸声，今天便开着直升机出来侦察。

额布查克在月光里进城，把当天见到的情况报给派出所。派出所认为仅凭他们一家之力很难解决这个问题，于是把情况报给边防部队。在额布查克来报案之前，派出所已经知道了这件事。已有媒体报道了这起突发事件。

派出所立即行动，派人到事发现场查看。边防部队也派出直升机加强巡逻。

飞机朝这边飞，悬浮在狼群上方。它渐渐降落，转动的螺旋桨发出刺耳的声音，地上的草木在强大的气流中摇摇晃晃。

狼群无法理解有什么东西在头顶上，只能紧贴地面发出一声声哀嗥。雄狼以母狼为中心趴下，恶狠狠地盯着飞机，准备寻找机会把它咬个粉碎。受狼群保护的母狼瞪大眼睛，耳朵紧贴着头部。在飞机的轰鸣声中，它飞也似的逃跑了。雄狼们收到母狼的信号，纷纷跟着它跑开。

雪地上，躺着一峰骆驼。它又一次获救。

飞机飞到它的上方，有人对着它拍照……

打那天起，额布查克一连几天都往山里跑。一过中午，他就把羊群往家赶。等羊群上路后，他骑着马来到勃尔克。他爬上山，拿着望远镜看北边的动静。他始终没明白，那峰骆驼到底是怎么回事。

第一天，骆驼躺在那里；第二天，它也躺着不动；第三天，他就看到了一具白骨。

骆驼死了。

从浑善达克沙漠开始的这串大脚印，代表巴音塔拉的牲畜过完它在巴音塔拉的日子后，最后在这里画下了句号……

第 四 章

春天来了。

巴图贺西格的暴风雪年前就已停息，过完年也没再下雪。年前的几天晴朗无风，过了年，天气就开始转暖。

雪从阳坡开始融化，仅用三两天时间，地上的雪就融化了一大半，化成了潺潺流水。现在，地上的每一个洼地里都有积水。大雪迅速融化，太阳暖暖地照着牲畜。牲畜们不仅填饱了肚子，还有了嬉戏玩闹的时间。天气好了，一切都会大变样！

去年冬天的暴风雪中，巴图贺西格的牲畜损失了不少。不仅仅是巴图贺西格沙丘周围的牲畜，整个巴音塔拉的牲畜都有极大的损失。本来牧民就没有做好准备，加之大雪封路，让他们难上加难。母畜又冷又饿，接连流产，死了不少。在寒冷的冬天，牧民们手忙脚乱，都没有时间抬头。

总算开春了。整个冬天都在操心劳累的牧民看到春天和煦的天气，都笑开了颜。有那会来事的，趁此机会串门，互道几句吉利话，讨几杯酒喝，好让自己休息放松。

今年春节，巴图贺西格的客人特别多，直到过完年都没消停过。他们的大多数，都是来台吉家拜年，用温暖的话语安慰并祝福老人。老人也高兴，哈哈大笑着和大家一起乐呵。他也说了很多吉利话。天气好，人心就不会差。

过完年也有些日子了。在一个晴朗无风的上午，台吉家门口来了一个骑骆驼的客人。此人来做客时，喜鹊叽叽喳喳欢叫个不停。

客人骑了一峰褐红色的骆驼，驼背上套着花色的毡鞍子。等客人沿着巴图贺西格的大路来到台吉家蒙古包附近时，铁木尔黛第一个看到他，喊道："爷爷，来客人了！"

"骑啥来的？"

"骆驼！"

爷爷坐起来说："大概是远方的客人。孩子，你快出去迎接！"说毕，他又以待客之道整理自己的帽子和袍子。

客人走到蒙古包门前跺两下脚，理一下蒙古袍的下摆，低头从开着的门走进去，来到台吉面前，俯身从怀里拿出哈达放在手上，问候道："向台吉请安！您身体可好？老毛病无碍吧，今年春天的天气怎么样？"

老人和客人交换了哈达和鼻烟壶，答道："好，好。我的身体还不错。今年春天的天气也好。你好啊，上座上座。"

客人坐下后，铁木尔黛给他倒了奶茶，桌上还摆了一些奶食品。

客人喝一口奶茶，再次问候道："您老身体还好吗？"

"开春后天气好，我也挺好的。你们那边的畜群都好吧？"

"过完年，天气一直很好。冬天过得也不错。您这边呢？"

"一样一样，就是冬天大家忙活了一阵子。总体而言还不错。"

客人喝罢两碗奶茶，品尝过奶食品后，铁木尔黛给他敬酒。他接过酒碗说："台吉，您不认识我了吧？这也怪我不总来，老人家记不得也正常。我是额布查克呀！"说毕，微笑地看着老人。

老人往前挪了一下屁股，说："你一进来，就似曾相识，但就是叫不出你名字来。原来是我的额布查克呀。啊，我这双眼睛啊，彻底不行啦，都认不出人了。我说孩子，你直接过来的吗？铁木尔黛你快给敬酒，你坐下来喝了它。"说毕，老人自己也倒了一杯。

"从几年前就说要过来过来。如果没收到您的信，估计还是只说不做。唉，收到您的信，我就知道非来跟您说一声不可。唉，但是怎么说好呢！"

额布查克说到这里，一连叹了几口气，干了杯中酒，等铁木尔黛再给他斟满后，说道："几天前收到您的信了，我就过来看看您。"

"怎么了，孩子！那边出什么事了？我的骆驼还在吧，到底出了什么事？你好好给我说说。"

额布查克又喝了一杯酒，沉默了片刻。他觉得现在只能撒个善意的谎言，他说："骆驼还在，在我那里。您不用担心它，和我家的那几峰骆驼在一起，在山上吃草呢。比起它刚去那会儿，它长了不少膘，每天过得都很舒服！"

老人高兴地说："我就知道，它在你手上差不了！好，敬酒敬酒，多敬几杯。但送骆驼去的人却至今没消息。我可是天天盼啊。"

"我来正是为了这件事。青巴图他牺牲了。他在勃尔克山间草原遇到盗猎者，被他们下毒手了。他一个人和三个人对抗，那些流氓怕事情泄露，就把青巴图给害了。他真是个好弟弟，可惜不在了……我过来就是为这件事。我得把事情告诉他们家人，可我怎么说呀？怎么跟他妈妈说，他妈妈听了得多伤心！"

额布查克说这些时，声音在颤抖。说毕，他一口干了一杯酒。

铁木尔黛听到自己发小的噩耗，不禁流下了热泪。

台吉也非常难过。他一边擦眼泪，一边说："我失去了一个好孩子，好孩子啊……额布查克，你坐下慢慢喝。我得去他们家里告诉这个消息。唉，这可真是！"

老人让铁木尔黛搀扶着，朝占布拉家走去……

这个不幸的消息，让巴图贺西格的人们悲痛万分。最痛苦的，要数青巴图的母亲宝茹金。占布拉也很难过。

这个消息，很快传遍了巴音塔拉。

几天后，巴音塔拉召开了固沙治沙大会。会议地点在巴图贺西格，有四五十人参加会议。

会议的组织者和主持人高超向与会者介绍草原沙化的情况，鼓励大家一起固沙治沙。

他站到前面，大声说道："巴音塔拉现在成了茫茫沙漠。你们都看到了吧，哪里都是光秃秃的沙丘。以前我们靠天放牧，靠大自然放牧，当然也从大自然那里索取。眼前的飞沙告诉我们，大自然是非常脆弱的，它并不是取之不尽的。以前有些政策制约我们，但现在政策都放宽啦，咱们 起固沙治沙，保护家乡吧！现在我们的日子越过越穷，我们的生活方式和世界先进的游牧方式拉开了差距。如果还不下定决心固沙治沙，未来会怎么样？请大家想想！固沙治沙这件事，现在国家重视并支持。日本专家很快就会过来，我们一起合力，把沙漠治好！先由党支部、团支部、先进个人带头，大家都一起动手！尤其年轻人要发挥作用。我们有青年榜样，他就是青巴图。他高中毕业归来之后，积极治沙，在短短两年之内，改变了几百亩草场的面貌。他致力于改造自然环境，努力让沙漠恢复生机。他为保护大自然，献出了自己年轻的生命。你们能了解他吗？如果不了解，请从现在开始了解。他是我们的优秀青年，我们可爱的弟弟，是我们巴音塔拉的好儿子。巴音塔拉有这么优秀的青年，是我们的骄傲！我希望咱们的巴音塔拉这样的人越来越多。我们要培养和爱护先进个人……"

与会的很多人，都流下了眼泪。

懒汉占布拉擦着眼泪站起来，说："我来说几句，就几句话，大家耐心听一下。高超说得对，我失去了一个好儿子。在他去世以后，我才知道他有多了不起。我是什么样的人，你们都知道。懒了一辈子，到前些天，都在给自己找犯懒的借口。但是现在不一样了，不是我喝酒串门图自在的时候了。我们的家乡都沙化了，去年冬天牲畜死了一半。这不能怨天，得怨人！我们懒惰，没有远见才有了今天这局面。我呢，儿子也没了。我就想把儿子做的事给接过来。占布拉这个人，你们都知道，是个不争气的孬种。我现在得活得像个人，我争取摘了懒汉这顶帽子，这顶帽子陪了我半辈子。我保证，我一定能做到！老汉我说到做到……"

听了他的话，大家都为他高兴，纷纷说浪子回头金不换。

那年春天，在巴音塔拉开了好多次固沙治沙的会议。

大地刚解冻，就刮起了春风。沙石飞扬，遮天蔽日，不比往年好。巴音塔拉人却没有停下来，他们在拯救家乡。

铁木尔黛每天都去固沙治沙，留下台吉和额布查克在家里。

偶尔有一两个人过来送钱。他们说，去年那位中央来的领导又在浑善达克沙漠考察调研；他们说，今年的扬沙波及了首都北京；他们说那是一位爱人民有远见的好领导；他们说，中央来的领导徒步深入茫茫沙漠，进行实地考察调研；他们说，中央来的领导要来巴音塔拉考察调研……

　　大家说的话，台吉都相信。他每天晚上都嘱咐铁木尔黛，那位领导来了要熬一锅香醇的奶茶，出门去迎接他。他自己则每日念经，祝那位领导平安吉祥。老人想，如果大领导来了，我就给他看我的《森林布局图》，领导看了一定会赞不绝口。

　　一天早晨，额布查克牵来他褐红色的骟驼，拴在马桩上。老人知道，他这是要走了。老人已留他在家里待了好些日子，但还是说："额布查克这孩子，你着啥急，还早呢！"

　　额布查克有些尴尬地笑了笑。

　　巴图贺西格的牧民都来送他。

　　"看到你的骆驼，我也想我的圆峰驼了。它是一个温顺的家伙！我是那么想它！反正我把它交给你啦，你知道应该怎么办……它戴着神符呢，是一峰获得自由的骆驼……"

　　额布查克点了点头。

　　"这我就放心啦。记得写信告诉我圆峰驼的近况。你自己也有空常来……"

　　"行，我肯定过来。老人家，我给您一峰两岁的骆驼，是一峰沙黄色骆驼，跟您的圆峰驼一模一样。"

　　老人想了想，说："行啊，但愿你下次来的时候我还在。就看他们了。如果有骆驼莅临我们浑善达克沙漠，咱们得郑重地迎接它。你们知道什么是最贵重的馈赠吧，你们能照顾好它吗？"

"能！"铁木尔黛说。

"能！"占布拉说。

"能！"巴音塔拉的茫茫沙海在回应。

额布查克走了。

褐红色的骟驼迎着风奔跑，跑到了沙丘的那边。它宽大的一串脚印，像一串未来的约定，清清楚楚地留在沙漠里，渐渐地渗进了大地深处。

古老的太阳和永生的苍天，依旧照耀和审视着苍天门口的一切……

原作由内蒙古人民出版社 2000 年出版

2022.10.17—2022.11.3 汉译初稿

2022.11.7—2022.11.17 第一次修改

2023.3.11 完成第二次修改并译者后记

译后记

能够拥有一段没有琐事打扰的时间，来完成一项棘手而漫长的工作，是我的愿望。对于准备翻译一部长篇小说的译者而言，这样的时间显得尤为珍贵。在以往的翻译经验里，尽管我已非常努力地从琐事抽身，专心致志地进行翻译，但总有这样或那样的大事小事硬生生地插进来，延误我的翻译进度。这些琐事，有上级交办的行政工作；有非去不可的大小会议；有无法拒绝的人际聚会；还有带着亲朋好友的委托来到我面前，不得不帮忙看的中小学生习作、会议条幅、生平简历、店铺牌匾、合同文书诸如此类。在我的本职工作（编一本杂志）留给我的那么一点点时间里，我常常幻想把这些我不喜欢又不得不做的事通通抛开，深夜来临时，让自己准时坐在书桌前，翻译文学作品，干我自己喜欢的事。但在复杂的现实和形形色色的人情面前，我又显得那样无力，有亲朋好友需要我的帮助时，尽管心里不怎么愿意，还是会答应下来，而每次答应完又懊悔自己有限的八小时以外被这些琐事塞得满满当当。

之前，我不怎么相信"不可抗拒的因素"这回事，认为这种概率近乎买彩票中头奖的事，不会落到我头上。到去年十月初时，《牧歌》这部小说的蒙文版已在我的书桌上躺了半年多。每次看到它，我都有深深的愧疚感，然后以没有连续的时间为由开脱自己，翻译工作拖了又拖。打十月初起，因为疫情的关系，呼和浩特的每一个小区都严禁出入，城市按下暂停键，让我们在家里办公。以前千呼万唤的连续性时间摆在我面前时，我竟然像个与母亲久违、见面后变得不敢靠近的孩子，过了几天战战兢兢又无所事事的日子。我不知道这样的"居家办公"还会持续多长时间。我在客厅和书房之间晃荡了一周后，觉得动手翻译《牧歌》的时机已成熟。从在电脑屏幕上敲出第一个字开始，一个多月的时间，我完全被它占满。白天除了吃饭和做饭，我一直抱着电脑不放，客厅的沙发和书房的书桌见证了我略带着兴奋翻译这部小说的样子。看到每天竟然可以翻译四千字以上的自己，我的心中产生了一种疲惫不堪后的自豪感。此时，我周围的人们陆陆续续出现各种各样的不适，其中一个主要的原因是，大家不知道如何打发长期居家的无聊时光。因为有《牧歌》，我甚至幻想过这样居家的日子无限延长。一个月的时间里，我译完了这部小说，在艰难地修改完一次时，长期居家的日子戛然而止，我又开始了朝九晚五的生活。

现在，当我自由地穿梭于城市的大街小巷、大小店铺、书店和唱片店时，我会想起翻译《牧歌》的那段日子，就像《百年孤独》中的奥雷良诺·布恩地亚上校许多年以后面对行刑队回想起父亲带他去见识冰块的那个遥远的下午一样。我"长期居家"的日子离现在并不算遥远，但想起来就会五味杂陈。原来在长期居家这个"不自由"的形式里蕴含着更为纯粹的"自由"。当你找到一个通往自由的方式之后，所有的外部条件都只是一种形式。我所谓通往自由的方式，就是要找到一件自己喜欢的事，并为之付出努力，用自己全部的真情实感去对待它。当你对它足够真诚足够用心时，它会成为挪亚方舟，带着你逃离孤独和不安，扬帆远航。

我和朋友们聊文学翻译时，难免大倒苦水，说这是一项"费力不讨好"的工作。有心直口快的朋友问："既然翻译那么累，你为何还乐此不疲？"我不得不承认，在十五六年前刚从事文学翻译时，我多多少少有证明自己的需要。而如今，那时的想法已渐渐散去，更多的是想把本民族不为人熟知的文学作品转换成另一种文字分享给读者。随着翻译作品越来越多，这种分享的快乐，超过了之前的种种想法，成了我生活中自然而然的一部分。也就是说，在文学翻译这条路上，我常常身心疲惫，但也享受了常人无法体会的快乐——创造的快乐（虽然这样的创造只是戴着镣铐舞蹈）和分享的快乐。这样的快乐像点点星光，当我感到卑微，准备退缩时，给我前行的力量，像《牧歌》里的圆峰驼那样，陪我找到让我心安的"故乡"。

本书根据内蒙古人民出版社 2000 年出版的《天庭门前》一书翻译。

照日格图

2023 年 3 月 11 日

于呼和浩特腾飞路新华书店对街窗前

窗外是暮冬，却能听到春天的脚步声

图书在版编目（CIP）数据

牧歌／额尔登陶格陶夫著；照日格图译 . -- 北京：作家
出版社，2024.7

（优秀蒙古文文学作品翻译出版工程）

ISBN 978 - 7 - 5212 - 2899 - 1

Ⅰ.①牧⋯ Ⅱ.①额⋯ ②照⋯ Ⅲ.①长篇小说 – 中国 –
当代 Ⅳ.①I247.5

中国国家版本馆 CIP 数据核字（2024）第 102110 号

牧　歌

作　　者：额尔登陶格陶夫
译　　者：照日格图
特约编辑：陈晓帆
责任编辑：袁艺方
装帧设计：孙惟静
蒙古文题字：艺如乐图
出版发行：作家出版社有限公司
社　　址：北京农展馆南里 10 号　　　邮　　编：100125
电话传真：86 – 10 – 65067186（发行中心及邮购部）
　　　　　 86 – 10 – 65004079（总编室）
E – mail: zuojia@zuojia.net.cn
http: // www.haozuojia.com
印　　刷：唐山嘉德印刷有限公司
成品尺寸：152 × 230
字　　数：170 千
印　　张：12.75
版　　次：2024 年 7 月第 1 版
印　　次：2024 年 7 月第 1 次印刷
ISBN 978 – 7 – 5212 – 2899 – 1
定　　价：42.00 元